書下ろし

隠密家族 御《ご》落《らく》胤《いん》

喜安幸夫

祥伝社文庫

目次

一　将軍家の妹

一

異様な雰囲気《ふんいき》に、

(なんなんでえ、これは)

足曳《あしび》きの藤次《とうじ》は立ちどまり、首をかしげた。北町《きたまち》奉行所の隠密同心についている、腕利きの岡っ引である。

(みょうだぜ)

感じ取り、周囲を見まわした。

太陽が東の空に、まださほど高くなっていない朝のうちである。

見慣れない顔が、あちらに二人、こちらに三人と屯《たむろ》している。

日本橋《にほんばし》から神田川《かんだがわ》の筋違《すじかい》御門まで、一直線に延びる神田の大通りだ。御門を渡れば湯島聖堂《ゆしませいどう》や神田明神《みようじん》がすぐそこで、途中の枝道に入れば西は江戸城外濠《そとぼり》の常盤橋《ときわ》御門や神田橋御門に通じ、東は両国《りようごく》広小路につながるとあっては、大名家の権門駕籠《けんもんかご》も頻繁《ひんぱん》に通り、往来人も大八車や荷馬の人足たちも、いかに神田界隈《かいわい》を縄張にしている岡っ引とはいえ、ほとんどが一見《いちげん》の顔である。

そこへ見慣れない顔……？　雰囲気が、通りに馴染《なじ》んでいないのだ。それらがあちらこちらに屯し、かといって人待ちのようすでもない。

とくに奇妙なのは、一様に質素で地味な、機敏な動作ができる絞り《しぼ》袴《ばかま》に草鞋《わらじ》を固く結び、笠で顔を隠した二本差であることだ。不気味な感じがする。

奉行所にそのような一群のいないことは、岡っ引であれば一目で分かる。

さらに藤次が気づいたのは、それら二本差が筋違御門前の火除地《ひよけち》に面した、須田《すだ》町《ちよう》を中心に展開していることだった。

須田町といえば、藤次の脳裡へまっさきに浮かぶのは、

――霧生院《きりゆういん》

である。

（なにか起こったか！）

心中につぶやき、屯する一群の脇をすり抜け、大通りから霧生院の冠木門《かぶきもん》がある枝道に入った。宝永《ほうえい》七年（一七一〇）弥生《やよい》（三月）なかばの一日である。

あるじの一林斎《いちりんさい》が、綱吉《つなよし》将軍の〝生類憐《しょうるいあわれ》み令〟の、おそらく最後の犠牲者となって死去してより一年余を経るが、霧生院が閉じることなく、町にとって大事な療養所として存在しつづけていることを、藤次も界隈の住人とともに心底《しんそこ》からよろこび、頼もしくも思っている。

枝道に数歩入り、

（やはり）

思えた。霧生院の前にも三人ばかり、笠に絞り袴の二本差が屯している。

界隈の地形を知っている兵法者がそれに気づいたなら、

（霧生院が包囲されている）

と、思うかもしれない。

だが藤次は、

（どなたか、紀州《きしゅう》家のえらいお方でも来ておいでか）

推測した。

藤次は霧生院一林斎が紀州徳川家とゆかりがあり、浅野内匠頭《あさのたくみのかみ》や吉良上野介《きらこうずけのすけ》の外出時の侍医《じい》であったことを知っている。しかし、知っているのはそこまでである。町の者も、霧生院家についてはそこまでしか知らない。

「――そんな偉《えれ》え先生が、この須田町にはいなさるんでえ」

と、町衆はそれが自慢であり、内儀の冴《さえ》はむろん、娘の佳奈《かな》も今年二十五歳とまだ若いが、鍼師《はりし》としての診立《みた》てや鍼灸《しんきゅう》の技はなかなかのもので、

「――霧生院はいい跡取りに恵まれなさった。ありがたいことじゃ」

と、界隈で評判になっている。ならば紀州家をはじめ大名家の者や高禄旗本が、お忍びで療治に来ても不思議はない。

（いずれのご大身か、患者をよそおうてちょいとのぞいてやるか）

と、藤次は冠木門に歩を向けた。

近づくと、門柱にいつもかかっている〝鍼灸産婆《しんきゅうさんば》 霧生院〟の木札がない。

（なるほど、ご大身が貸し切りの独り占めって寸法かい。だったら堂々と、武士団が庭に入って固めりゃいいじゃねえか。奇妙だぜ、こいつは）

と、思いながら冠木門に近づいた。だが、門前に屯している三人の二本差は、藤次をジロリと一瞥《いちべつ》しただけで咎《とが》めようとしない。それに、庭には権門駕籠はとまっておらず、駕籠舁《か》きの中間《ちゅうげん》たちの姿も見られない。

　庭には小さな薬草畑があり、その庭に面した縁側には待合部屋と療治部屋の明かり取りの障子がある。いつもと違うのは、療治部屋の障子は閉まっているが開け放された待合部屋には、町内の患者ではなく歴とした武士が一人に、股引《ももひき》に腰切半纏《こしきりばんてん》を三尺帯で締めた職人姿の者が二人いる点だった。

　それら三人の目が、庭に入って来た藤次に向けられている。ご大身の貸し切りに、お供が武士一人に職人二人というのも奇妙だが、それら三人の目も庭に入って来た町人に、腰を上げるでもなく誰何《すいか》の声を浴びせるでもなく、ただ凝《じ》っと見つめているだけだった。しかも職人二人は歴とした武士の前で端座するでもなく、同格のお仲間のように胡坐《あぐら》を組んでいる。

（おっ、あの職人たち）

　見覚えがある。声をかけようとしたときだった。気がつかなかったが、薬草畑の隅でなにやらかたづけをしていた男が、

「おう足曳きの、どうしてえ。また足を攣《つ》ったかい。いまは無理だ。あとにしな」

「なにい。足はとっくに治ってらあ。それよりもきょうは……」

　喧嘩《けんか》腰ではないが、それに近い口調で藤次は返した。

　薬草畑から縞の着物を尻端折《しりはしょり》に裸足《はだし》で出てきたのは、下働きの留左《とめざ》だった。

霧生院の一家が紀州から江戸に出て、ここ神田須田町に鍼灸と産婆の木札を掲げた十九年前、最初の患者になったのが留左だった。須田町の長屋に住む遊び人で、七転八倒し生きるか死ぬかのひどい食あたりだった。一林斎は証《しょう》を立て鍼で痛みをやわらげ、薬湯で治した。そのときの薬料が庭の草むしりで、柳原《やなぎわら》土手で野博打《のばくち》の胴元をしながら霧生院に通い、草むしりから力仕事もし、当時六歳だった佳奈の遊び相手にもなれば薬草採りのお供にもなった。

それが去年の睦月《むつき》（一月）に一林斎が死去してからは、霧生院の下男のように毎日庭で留左の姿が見られるようになり、薬草の知識も一端《いっぱし》のものとなっていた。だが、稼業がご法度の博打とあっては、足曳きの藤次と顔を合わせるたびにいがみ合っていた。しかし藤次は、客に大勝《おおがち》も大負けもさせずほどほどに遊ばせ、のめり込もうとする客には意見をして博打をやめさせるなど、留左の気風《きっぷ》を気に入っていた。その藤次はひどいこむら返りの癖《くせ》というか持病があり、それを根気よく鍼療治で治したのは一林斎だった。

藤次は待合部屋を気にしながら、薬草畑の留左に問いかけた。

「どうしたというのでえ、きょうは」

「へへん。見てのとおり、さるご大家の貸し切りよ。足がまた攣ったんなら、俺がちょいとひねってやろうかい」

「へん。おめえにさわられたんじゃ、治ったところまで悪くなっちまわぁ」

「なにぃ」

「それよりも、どちらのご大身でえ。外もみょうな感じだが」

訊《き》きながら、待合部屋のほうへちらと目をやった。

武士と職人姿二人は、藤次の〝みょうな感じ〟に若干《じゃっかん》反応を見せたが、庭のやりとりに口を出そうとしない。

留左も待合部屋を無視するように、

「野暮《やぼ》なことを訊くねえ。ま、悪いところがあるんなら、あとでまた来ねえな。足はちゃんと動いているようだがよう」

「あはは。おめえの足も最近、柳原に向いていねえようでなによりだぜ」

藤次はこれ以上詳しくは聞けないと判断し、その場できびすを返した。

留左も、いま来ている客人が紀州家ゆかりの武士と聞かされてはいるが、それ以上のことは知らない。

藤次と入れ代わるように、町内の年寄りが嫁につき添われ、冠木門をくぐった。以前から足のむくみで、冴と佳奈から鍼灸の療治を受けている乾物《かんぶつ》屋の婆さんだ。やはり門前に屯している二本差たちは、一瞥はしても止めようとはしない。

留左は薬草畑から出て、

「これは乾物屋の人、すまねえ。きょうはよう、見てのとおりだ。ちょいと高貴なお方でよう」

「あらあら、そうかい。先生が死になすってからも、お大名家が来てくださる。さすがご内儀の冴さんじゃ。よかった、よかった」

婆さんは応《こた》え、嫁も、

「最近、留さん、すっかり霧生院《ここ》の男衆《おとこし》になったようで、よかったじゃないかね」

「へへん。男手は俺一人だからよう」

言ったのへ、留左は誇らしげに返した。

乾物屋の婆さんと嫁は、来たときのようにゆっくりと向きを変え、

「すまねえ。あとで手が空いたら呼びに行くからよう」

留左の声を背に冠木門を出た。

このやりとりにも、待合部屋の三人と冠木門近くの二本差たちは、なんら口を出すことはなかった。

これらを見れば、岡っ引ならずとも奇異に感じようか。

藤次も町内の住人も、知っているのは霧生院には高貴な家柄も受診に来るということだけで、霧生院家が紀州徳川家の隠密組織の一角を成していることは知らない。

留左はそこまでは知っており、

（へへん。その霧生院を、俺は支えているんだぜ）

との自負があった。しかし近ごろ、冴や佳奈にそれらしい動きはなく、江戸潜みの
ロクジュやトビタたちが以前のように頻繁には来なくなったことに、

（なんだかつまんねえぜ）

と、内心もの足りなさを感じていた。

ところがきょう、大柄の若い武士と、つき添いらしい中年の武士が霧生院の冠木門
をくぐり、それに随《したが》っていたのが、福禄寿《ふくろくじゅ》のように額《ひたい》の長いロクジュと小柄で敏《びん》
捷《しょう》なトビタだった。

「いやあ、これはロクとトビの兄イじゃねえか。お久しゅうござんす」

と、冠木門を入って来た二人に留左は駈け寄ったものである。

きのう冴から、

「――あした午前中、大事なお客人があります。その差配《さはい》、よろしくね」

と言われ、大急ぎで患者の家々をまわったものである。それでも洩れていた患家は

ある。その一軒が乾物屋であり、足曳きの藤次は予期しない相手だった。それも含め、来た患者への対応はすべて、

「――大仰《おおぎょう》になることは、お客人も望まれぬことゆえ」

と、留左に任されていたのだ。

留左はずっと霧生院の中にいたから、藤次のように神田の大通りから絞り袴の得体の知れない二本差が屯しているのを見ておらず、冠木門のすぐ外にまでいることにも気づいていない。

お客には留左も奇異なものを感じていた。〃大事なお客人〃と聞いていたから、かつての浅野内匠頭や吉良上野介のように、四枚肩《しまいかた》の権門駕籠で幾人もの警護の供侍を随えたようすを想像していたのだ。ところが来たのは武士二人に職人二人で、その職人がロクジュとトビタだったものだから、懐かしさとともに、

（紀州家の人）

と思い、同時に、

（はて、これが大事なお客人？）

首をかしげたものである。

しかも武士二人は若いほうも中年も、縞模様の丈夫な小倉織《こくらおり》の袴《はかま》に木綿《もめん》の羽織だ

った。迎えた冴と佳奈も玄関の式台で端座の姿勢をとったものの、

「──さあ、お上がりなさいまし」

と、まるで親しい人のように手で奥を示し、かしずくようすでもなかった。

奥の居間に入ったのは若い大柄な武士一人で、中年のほうはロクジュとトビタと待合部屋にまわった。

中年の武士が厠《かわや》に立ったとき、留左は庭から縁側に近寄り訊いた。

「──あの大柄な若い侍、誰ですかい」

「──あはは。紀州家ゆかりのお人だ。あまり気にするな」

ロクジュが応え、トビタもうなずいていた。

さらに訊こうとしたが、武士が戻って来たので留左も薬草畑の手入れに戻った。その身分を聞けば、留左は霧生院の役務を聞かされたとき以上に仰天し、にわかには信じられなかっただろう。

いま厠から戻って来た粗衣の武士は、紀州徳川家江戸筆頭家老の有馬氏倫《ありまうじのり》であり、佳奈にいざなわれ居間に入った大柄な若い武士こそ、源六《げんろく》こと当代の紀州家五十五万五千石の藩主徳川吉宗《よしむね》だった。だから霧生院に随行するのは、江戸潜みの薬込役で一林斎の配下であったロクジュとトビタ、それに江戸筆頭家老の有馬氏倫の三人でなけ

ればならなかったのだ。

療治部屋の障子は閉まっていたが、外来の者に療治がされているように見せかけるだけで、なかは無人だった。

佳奈と冴は奥の居間で、源六こと吉宗と、これまでにない真剣な表情で向かい合っていた。

二

――直接会い、佳奈の真意を確かめたい

源六こと吉宗が、赤坂の紀州藩上屋敷から冴につなぎをとったのは四日前だった。

この弥生（三月）にふたたびお国入りし、城代家老の加納久通《かのうひさみち》に任せてあった藩政改革に、いよいよ本腰を入れる。もちろん藩主に就くなり本腰を入れたが、その陣頭指揮に立つのだ。

その吉宗には、もう一つ脳裡を占めていることがあった。

佳奈である。佳奈はすでに二十五歳、源六は二十七歳の若き藩主だった。

（佳奈を、紀州家の姫として上屋敷に入れる）

吉宗は、それを済ませてから国おもてに発《た》ちたかった。

だが、どうやらその意志が佳奈にはない。

だから、神田須田町にみずから出向くというのである。

驚いた冴は、

――事前に打ち合わせたき儀、此《こ》れあり
返事をし、藩邸に出向いたのがきのうだった。江戸に出て来てから十九年、初めて門をくぐる紀州家の上屋敷だった。

霧生院では佳奈が療治部屋から、

「――留さん、蓮《はす》と菱《ひし》の薬湯をお願いね」

「――へい、お嬢。もうかなり煮詰まっておりますぜ」

留左が奥の台所から大きな声で応え、さらに療治部屋では町内の腰痛の隠居が、

「――あれれ、きょうは佳奈お嬢に鍼を打ってもらえるのかね。冴さまとおなじ、ほんとう腕を上げなすったなあ」

「――そりゃあもう、一林斎先生のときと、ほとんど変わりないがね」

待合部屋からも声が返ってくる。

台所からは薬缶《やかん》の煮え立つ音が聞こえる。蓮も菱も、冬場に留左が採取して来たも

のだ。ともに滋養強壮に効き目がある。

紀州家上屋敷で、冴は中奥に招じ入れられていた。目立たぬように地味な着物だったが、髪には吉良上野介から贈られた鼈甲《べっこう》の櫛《くし》を挿《さ》した。これも高価だが目立つものではない。

部屋に案内したのは有馬氏倫だった。

氏倫は、加納久通が越前葛野《えちぜんかずらの》藩三万石の城代家老として出向し、藩主の松平頼方《まつだいらよりかた》こと源六に代わって藩政を仕切っていたとき、和歌山《わかやま》にあって源六を支え、お目付け役でもあった。源六が紀州藩第五代藩主となり、頼方から吉宗になってからは、久通が和歌山に戻って城代家老となり、氏倫は江戸に出て紀州家江戸筆頭家老となった。今年四十三歳の、実も分別もある有能な吉宗側近である。今年三十八歳の加納久通とともに、吉宗を支える両輪といえた。

氏倫は、二代藩主光貞《みつさだ》の最後の側室お由利《ゆり》の方の顔を知っており、由利の腹から生まれた源六に、同腹の妹がいることはおぼろげながら気づいていたが、その出生については薬込役の一林斎や冴の関わったことだから、詳しくは知らなかった。

有馬氏倫が国おもてを出るとき、江戸藩邸を仕切る身として、

「――知っておかねばならぬことがあります」

と、加納久通からそっと、かつ詳しく耳打ちされたのが、佳奈の存在だった。

（――やはり）

氏倫は得心し、美貌であったお由利の方の顔を思い起こした。

江戸おもてに出てきてから、一度お忍びで神田須田町に出向き、霧生院の冠木門から出てくる佳奈をそっと見た。佳奈は二十歳を過ぎている。仰天した。お由利の方がそのまま〝生きておいでだったか〟と思うほど、由利に似ていたのだ。同時に、一林斎と冴が、佳奈を藩邸のある赤坂に近づけなかった理由も解した。

上屋敷中奥の一室で、冴を迎えた氏倫は低声《こごえ》で、

「一林斎どののことは痛ましいが、いままでご苦労でござった。両部屋からは人を遠ざけておるゆえ」

言うと部屋を出た。殿と忌憚《きたん》なく話されよとの配慮である。

すぐだった。吉宗は小姓も連れず、みずからの手で勢いよく襖《ふすま》を開け、大股《おおまた》で部屋に入るなり、

「久しいぞ、久しいぞ」

と、端座する冴の前にどっかと座った。二十七歳の元気さとはいえ、御三家の大名の所作ではない。

ひれ伏す冴に、

「もう、冴どの、堅苦しいぞ。面《おもて》を上げられよ。お許《こと》に会えば、あのころが思い出されるわい。佳奈を引き連れて和歌山の城下を駈けめぐったころをのう。一林斎が秘かに護衛しておったわい、あははは。帰りには冴どのがいつもわしの前髪《まえがみ》を結いなおしてくれたなあ。おかげで、ほれ、こんなに大きゅうなりもうした」

四年前に和歌山城下で会っているのに、霧生院一家と源六が和歌山を離れ江戸に出たとき以来、まるで二十年近くも会っていなかったように、吉宗は面を上げた冴に口早に言い、両手を大きく広げてみせた。冴はもう五十三歳になっている。実際に吉宗は大柄なのだ。

吉宗がことさらあのころあの日に触れるのは、冴がきょう佳奈の件で来たからだ。同時に、佳奈と一緒に城下を駈けめぐった日々は、それだけ忘れ得ないものであり、紀州家のあるじとなった現在《いま》、領民に視線を向けた施政の基《もとい》ともなっているからでもある。

「ほほほ、ほんに大きゅうなられて。四年前にもお会いいたしましたに。ほれ、一林斎とわたくしが佳奈をともなうて」

「そう、そのことよ」

吉宗は胡坐居《あぐらい》のままひと膝まえにすり出た。そのとき吉宗は、佳奈と連れ立って、かつて駈けめぐった町場や海浜、川原を散策した。そのときに吉宗は、話を切り出したかった。しかし、

「――江戸の藩邸もなあ、緑が多いぞ。そこに薬草畑をつくるのも、また一興ではないか」

と、謎かけのような表現になってしまった。佳奈は牽制しているのか、霧生院での鍼師としての日々に、

（――わたくしは、すでに町の一部になっているのです）

と、それが感じられたからである。

真剣な表情になった吉宗に、冴は四年前に佳奈をともない久しぶりに和歌山へ戻る途中での、小田原《おだわら》の海岸での話をした。それが、吉宗を藩邸に訪ねた冴の目的だったのだ。

四年前のその日、一林斎と冴と佳奈は、小田原宿の脇本陣に草鞋《わらじ》を脱いだ。町医者が宿場の本陣や脇本陣に入る……、佳奈にとっては奇異なことであった。

その夜、一林斎は光貞から佳奈にと拝領した、黒の漆塗りに徳川の一門を示す金箔の葵《あおい》の紋が打たれた印籠《いんろう》を示した。根付《ねつけ》は紀州沖で獲れた鯨《くじら》の骨の細工物だった。

一林斎と冴は、佳奈が二代藩主光貞の子であり、源六こと吉宗の同腹の妹であることを話した。佳奈は、息の詰まるほどに仰天した。

その翌朝だった。小田原の海浜である。佳奈は言った。そのときの言葉を、冴は一字一句違《たが》えず覚えていた。

「——源六の兄《あに》さんがほんとうに兄さんであったこと、嬉しゅうございます。ですがわたくしには、まだまだ霧生院にて成さねばならないことが山ほどありまする。それが、世のため人のためと心得ております。その思い、五十五万五千石より、はるかに重うございます」

言うなり佳奈は、徳川の血脈を示す印籠を海へ投げ込んだ。そのうえで、佳奈は源六こと吉宗と以前を偲《しの》び、和歌山の城下を散策したのだった。

小田原の海岸での話は、吉宗には初めて聞くものだった。

顔を苦痛にゆがめ、

「そうか。やはり……そのようなことが」

つぶやくように言ったものの、

「ふむ」

うなずきも見せた。

市井《しせい》を知っている吉宗なればこそ、佳奈の心境も分かるのであろう。

佳奈の思いは、もちろんそれだけではなかった。

源六の血脈のゆえに、これまで多くの者が戦い、多くの者が命を落とした。イダテンとハシリと氷室章助《ひむろしようすけ》が、東海道《とうかいどう》の日坂《にっさか》で命を落としたのもそのためだった。

紀州徳川家の血脈が罪なのか。そこに源六の存在することが罪だったのか……。

（源六の兄《あに》さん、罪つくりな）

佳奈は思うと同時に、

（可哀相）

思えてならなかった。

ところが自分も、その血脈につながっていた。

（罪？　恐ろしい）

感じずにはいられない。

冴にも、その心境は痛いほど分かる。

冴は忌憚《きたん》なく、吉宗にそれを話した。これを吉宗に言えるのは、冴以外にない。加納久通や有馬氏倫がいかに側近とはいえ、口の端《は》にもできることではない。

吉宗の胸裡にも、それはあった。その思いは、佳奈よりさらに強烈であったかもしれない。

「さようか」

低くつぶやき、

「ともかくあしたじゃ。あした、佳奈の生活《たつき》ぶりを見てからじゃ。朝の早いうちに行こうぞ」

と、吉宗はことさら明るく言った。

藩邸の中奥の部屋を退出する冴の心中は、源六こと吉宗の胸中を思えば重かった。

帰りに冴は、有馬氏倫に言った。

「殿のためにも、大仰《おおぎょう》になりませぬように」

もとより吉宗はその算段だった。

それできょう、朝早くに藩邸を出るときから吉宗は木綿の羽織で、随った氏倫も小倉織の袴を着け、ロクジュとトビタはいつもの職人姿を扮《こしら》えていたのだ。しかも上屋敷を出ると四人は談笑もし、連れ立って歩いているような風情をつくった。

足曳きの藤次が気づいた地味な二本差の一群は、ロクジュとトビタもよく知っている藩邸内の薬込役たちだった。氏倫が配置したのだ。

その吉宗はいま、霧生院の居間で佳奈と向かい合い、冴も同座している。

三

吉宗の来訪は、佳奈にとってもことさら嬉しく、胸の高鳴るものであった。だが、来意は分かっている。向かい合ってもぎこちないものがあった。やはり話題は、かつて一緒に城下を駈けめぐった日々のこととなった。佳奈が源六こと吉宗に、用件を切り出すすきを与えなかったのだ。吉宗も、

「そうそう。あのとき脛《すね》に大きなすり傷をつくり、佳奈は泣きだすし……」

と、それに乗らざるを得ない。

佳奈はさらに話す。光貞の思い出である。

鍼の技から薬草学さらに漢籍へと修業を積んでいるとき、光貞の肩や腰に鍼を打った話を、感慨深げに語った。自分の手足や一林斎と冴を実験台に実技の鍛錬《たんれん》を重ね、患者としての体に鍼を打ったのは、光貞が初めてだった。そのとき、光貞は痛いのを隠して褒《ほ》めてくれたのが、佳奈には大きな一歩を踏み出す自信となった。

「いま思えば、わたくしは知りませんでしたが、お父上はわたくしを実の娘と知って、打たせてくれたのですねえ」

と、佳奈はしみじみと語った。実際に、そうだったのだ。

「おそらくなあ」

「まあ、兄《あに》さんまで」

と、座はなごやかなものになる。

だが、吉宗はしびれを切らしたように、

「なあ、わしは今月中に国おもてへ帰らねばならぬ。それで、向後《こうご》のことじゃが」

ひと膝まえにすり出た。

佳奈は心中に身構え、霧生院の居間には緊張が走った。

冴にとっては、光貞の密命で一林斎とともに護りとおした佳奈である。だが、出《しゅつ》自《じ》を隠す必要も、命を狙う敵対勢力もなくなったいま、

(殿にお返しするのが筋ではないか。それが佳奈姫のためにも……)

その思いはもちろんある。

しかし、瀕死の由利の腹から佳奈を救い上げ、一林斎とともにわが子として育ててきた身として、佳奈の意志を最大限に叶《かな》えたい……その思いもある。

また、敵対勢力はなくなったとはいえ、それはあくまで当面のことであり、吉宗の妹として紀州家の奥御殿に入ったなら、将来《さき》にどのようなお家騒動に巻き込まれないとも限らない……その危惧《きぐ》も捨てがたい。

さらに、身勝手とは分かっているが、

（いまさら佳奈を手放すなど……）

抑《おさ》えようとするが、抑えきれるものではない。

『おまえさま、おまえさまならどうなさる』

これまで幾度、自問してきたことか。しかし答えは、自己の身勝手を秘めたものとならざるを得なかった。そうした冴の心情は、薬込役としての役務を、すでに超越している。

吉宗はつづけた。

「上屋敷に居を移さぬか。もちろん、冴どのも一緒じゃ」

「えっ」

声を上げたのは冴だった。

——冴どのも一緒

その言葉が冴の琴線《きんせん》に触れた。冴も一緒なら、背後には薬込役という目に見えない

勢力がひかえている。新たな敵対勢力が現われようと、

（負けはせぬ）

瞬時に計算が働いた。

打ち消そうとしたが、打ち消せなかった。

上屋敷奥御殿にいる、吉宗正室の真宮理子《さなのみやまさこ》の存在である。四年前の宝永三年（一七〇六）に、京の伏見宮貞致《ふしみのみやさだゆき》親王家より迎えたご簾中《れんちゅう》（奥方）さまである。そのとき十六歳で今年は二十歳になっている。吉宗の正室なら、かたちの上では年下でも佳奈の義理の姉ということになる。病弱な体質で、子にはまだ恵まれていない。

かつて源六を〝賤《いや》しき血筋〟として、京の陰陽師《おんみようじ》の式神《しきがみ》たちを使嗾《しそう》して執拗《しつよう》にその命を狙い、幾多の血を流したのは、光貞正室の安宮照子《やすのみやてるこ》だった。照子もまた、伏見宮家の出であった。薬込役が佳奈の存在をひた隠しに隠したのは、照子の矛先《ほこさき》から佳奈を護るためだったのだ。

その同族の真宮理子が鎮座する紀州家奥御殿に、佳奈が入ったならどうなる。そのわだかまりがなくとも、また佳奈や冴が対立を避けようとしても、周囲が動き、紀州徳川家は奥御殿を源《みなもと》として佳奈派と理子派のまっ二《ぷた》つに割れることになるだろう。

それこそ佳奈の存在そのものが、

（罪つくり）

なのではないか。

かつて血脈がゆえに源六をめぐって薬込役が暗殺集団と死闘を展開し、幾多の血を流していたころ、

（――兄《あに》さん、罪つくりな人……可哀相）

佳奈は思ったものである。

それらが、瞬時に冴の脳裡をめぐった。

霧生院の居間で、吉宗は冴よりも佳奈自身の返答を待つように、生母に瓜《うり》二つと言われているその顔を見つめた。

佳奈がその視線に応じたか、

「兄《あに》さま、そのことにつきましては……」

言いかけたときだった。

庭のほうでなにやら騒ぎが起こったようだ。

瞬時、冴と佳奈は身構えた。

（さすが！）

吉宗は内心思った。

つぎの瞬間、玄関から廊下に派手な足音が立ち、

「ご新造さま！　お嬢！　来てくだせえっ」

留左の声だった。

四

庭へ大八車に乗せられた職人が運び込まれたのだ。牽《ひ》いて来たのは、印半纏《しるしばんてん》の男たちだった。大工と左官屋だ。

「どうした！」

待合部屋からロクジュとトビタが縁側に飛び出した。

町内に二階家の普請場《ふしんば》があった。その二階部分から落ちて肩と腰をしたたかに打ったというのだ。まだ生きている証拠に、その者は苦痛に顔をゆがめている。

「お、いけねえ。すぐ療治部屋へ！」

ロクジュとトビタも縁側から男を療治部屋へ担ぎ込むのを手伝った。

外に屯していた地味な二本差たちは冠木門から中をのぞいたが、本物の急患と判断したか庭に踏み込むことはなかった。

「しばし、ご免くださりましょう」

と、冴と佳奈は居間を出て療治部屋へすり足をつくった。

患者を診るなり冴は、

「留さん、井戸から冷たい水を！　ロクジュさん、トビタさん！　添え木の用意を、腰用には大きめの木を用意するのです！」

「へいっ」

「承知」

「佳奈、痛み止めの薬湯を！」

「はいっ」

重度の骨折は処置を誤れば死にいたる。患者は一人だが、霧生院は戦場となった。

「ほう、ほうほう」

と、あとにつづいた吉宗も療治部屋に入り、療治の手際のよさを感心するように見つめている。

氏倫も待合部屋から板戸を開け、のぞき込んでいる。ロクジュもトビタも、こうした療治には心得がある。いずれも素早い動きを見せた。

患者は肩の骨を外していたが、これは佳奈が腕を引っぱりはめ込んだ。あとは冷やして添え木で固定し、腰も重傷のようでロクジュが添え木をあてトビタが包帯で固定した。

「今夜一晩、ようすを見ます。ここに泊まってください。骨折かヒビが入っているか、証《しょう》を立てねばなりません。それにあなたがた」

と、担ぎ込んだ朋輩《ほうばい》の大工たちに、

「こうした場合は大八車ではなく、戸板で運んでください。車輪の硬い響は傷に障《さわ》りますから」

「へえ。つい普請場にカラの大八車があったもので」

と、大工たちは恐縮するように言った。

そこへまた騒ぎが起こった。

女が一人、冠木門に駈け込んできたのだ。

門外の二本差たちは、これも止めようとしなかった。

警備には、

「――殿の身に直接かかわる緊急のとき以外、決しておもてに出ぬように」

氏倫が強く命じているのだ。二本差たちはそれを厳格に守っている。さすが薬込役である。

縁側に出た留左が、

「おっ、おたえさんじゃねえか。どうしたい」

声をかけた。町内の炭問屋の女中だった。

「あんたじゃないっ。冴さま、佳奈さま！　生まれそうなんですうっ、早う、早う」

縁側の職人たちを声で押しのけるように叫んだ。

「炭屋さんのお人なら、わたしが診ています！」

佳奈が薬籠《やくろう》を小脇に抱えるなり、縁側から跳び下り庭下駄をつっかけた。産み月に入った炭問屋の嫁は、異常はないかと佳奈が冴の指導を受けながら慎重に見舞っていた。これまで異常はなかったが、破水では一呼吸の猶予《ゆうよ》もならない。

五年前、佳奈が二十歳《はたち》のときだった。小柳《こやなぎ》町のおしのという古着屋の嫁を見舞っていた。佳奈が産み月を迎えた近くの妊婦を、産気づいたとの知らせで佳奈は駈けつけたが、早産のうえ死産だった。そのあとの措置を誤り、母体まで出血多量で死なせてしまった。

佳奈は狂乱状態になり、立ち直るまで幾月かを要した。そのことがいまも心理上の外傷となり、出産に立ち会うのはむろん、すべての症状に薬湯一杯の量から鍼一本の打ち方にまで慎重になっていた。

「わたしもあとですぐ行きます」

冴が縁側から言ったとき、佳奈はもう冠木門を駈け抜け、女中のおたえが、

「あぁ、待って、待って」

と、慌ててあとを追っていた。

冴はロクジュとトビタに大工へのあとの処置を任せ、留左には、

「留守をお願い！」

言うと佳奈のあとを追った。

ロクジュとトビタなら、患者を絶対安静に患部を冷やしつづけてなどと言わなくても万事心得ており、安心して任せられる。

療治部屋で吉宗はロクジュとトビタに声をかけた。

「佳奈は産婆もできるのか」

「かぁあ？　お侍さん。おもての木札を見なかったのですかい。鍼灸産婆と書いてあるはずですぜ」

留左が縁側に立ったまま応えた。吉宗はふり返り、待合部屋からのぞいていた氏倫もそれを咎《とが》めようとはしない。待合部屋も療治部屋も、一歩入れば武士と町人の身分など無関係という気風が、霧生院にはあるのだ。

吉宗もそれに呑まれ、療治部屋の隅で邪魔者のように立ったまま、

「いやあ、これはすまぬ。木札は見なかったが、不意にケガ人が運び込まれたり、急なお産の遣《つか》いが来たり、けっこう頼られているようだなあ」

「あたぼうよ。去年、うちの嬶《かか》アの腹からせがれを取り上げてくれたのも、霧生院の佳奈お嬢《こ》よ」

「二年前《めえ》、俺の肩がぱんぱんに腫《は》れたのを鍼で治してくれたのも、霧生院の冴さまでえ。おかげで今じゃこのとおり、すっかりもとどおりよ」

患者を運んで来た大工が言えば、左官屋もつづけて肩を前に突き出す。

さらにもう一人の大工が、

「へへん。この霧生院はなあ、須田町だけじゃねえ。神田一円の住人になくちゃならねえのよ」

「ほう、霧生院は神田の救い神か」

霧生院の存在を誇るように言ったのへ、吉宗は満足そうに返した。

他の紀州藩士がこの場面を見たら仰天するだろう。もとより留左も大工、左官たちも、小倉織の袴に木綿の羽織の武士二人が、紀州徳川家の殿さまと家老であることなど知る由《よし》もない。吉宗も気さくに職人たちに接している。

大工の一人が訊いた。

「で、お武家さん。あんたら病人には見えやせんが、どこか悪いんですかい」

「いや。こちらはなあ、ご新造さまにちょいと用があって来なすったのだ」

と、これには留左が応えた。

いきなりだった。左官屋が、

「なにい。まさかどこかのお大名家の御典医などに引き抜こうってんじゃねえでしょうなあ。それは神田のみんなが承知しやせんぜ」

「そのとおりよ。霧生院《ここ》は一林斎先生のときから、わしらにゃなくちゃならねえのよ」

と、添え木と包帯で腰と腕を固定された大工も、療治台の上から切羽詰まった声で言った。

「こらこら、動いちゃいかん」

患部に井戸水を浸した布をあてようとしていたトビタが言った。

職人たちとの一連のやりとりに、

「ふーむ」

吉宗はうなずいていた。

やがて、

「おう。霧生院《こ　こ》で診てもらったからにゃ、もう安心だ。あとでまた来るからよ」

と、大工と左官たちは患者を残して普請場に戻り、それらの背を吉宗は、縁側から無言で見送っていた。

冴と佳奈がようやく一息つき、

「午後にまたようすを診に来ますから」

と、炭問屋から帰途についたのは、すでに太陽が中天を過ぎた時分だった。

佳奈は飛び出たときとは打って変わり、おだやかな表情になっていた。これまで薬込役のくノ一として、対手《あいて》に致命傷を負わせることはなかったが、戦場《いくさば》には三度も出て実際に飛苦無《とびくない》を放ってもいる。そうした佳奈にとって、新たな命の誕生に立ち会い、無事生まれたときの喜びには、ひとしおのものがあった。

帰りに初めて冴と佳奈は、周辺に地味な武士団が屯しているのに気づいた。

「母上、やはり来ていますねえ」

「仕方のないことです。それが、現在《いま》の源六君のお立場なのですから」

「なんだか、やはり兄《あに》さんは可哀相」

話しながら冠木門をくぐった。

それら薬込役たちがちらと佳奈と冴に視線を投げていたのは、佳奈の美貌と吉宗が訪《おとな》った家への興味からだった。薬込役といえど、もとから江戸潜みであったロクジュやトビタとは違い、佳奈の素性も知らなければ、きょうの吉宗の霧生院訪問の意味も知らない。朋輩《ほうばい》であるロクジュやトビタに訊いても、満足した答えは得られず、ロクジュたちも佳奈の素性については、それとなく勘付いているだけなのだ。

佳奈の出自《しゅつじ》を知り、一林斎と冴がわが子として護ってきた理由を慥《しか》と知るのは、吉宗と加納久通に有馬氏倫の家老二人と、光貞の腰物奉行から国おもてに戻り、吉宗の諸事取次方となって薬込役大番頭《おおばんがしら》を兼ねた小泉忠介《こいずみただすけ》の四人だけなのだ。

冴たちが、薬込役たちが霧生院の周囲に屯していることに気づいたということは、吉宗がまだ霧生院にいるということである。

急いで冠木門をくぐった。

吉宗は佳奈の帰りを、待合部屋で氏倫と一緒に待っていた。療治部屋ではロクジュとトビタが患者の大工についており、外からは霧生院が開いているように見える。庭では留左が、知らずに冠木門を入って来る患者に、

「へへ、すまねえ。わけありでよう、あとにしてくんねえか」

と、お引き取りを願っていた。それら患者たちは、あとで炭問屋に出産のあったことを知り、そのためだったと思うことだろう。

「どうでしたい。炭問屋の嫁さんは」

「よかった、よかった。男の子が無事に」

庭で留左が言ったのへ佳奈の返した声が、待合部屋にも療治部屋にも聞こえた。

吉宗はふたたび居間に移った。

話は短かった。

吉宗は、実際に霧生院が町衆から必要とされている姿を慥《しか》と見たのだ。

座に着くなり、佳奈は言った。

「兄《あに》さん、これがわたくしの日常なのです。充実しております る」

「そのようだな」

吉宗は力なく言った。

冴はこのとき、

(御三家の奥御殿などではない。これこそが佳奈の仕合わせ)

思うと同時に、胸のつかえがコトリと落ちるのを感じた。

吉宗は腰を上げ、冴は玄関まで見送った。

粗衣の武士二人と職人二人は、連れ立って冠木門を出た。来たときとおなじように、大仰にならないためだ。佳奈は下駄をつっかけて冠木門まで出て見送り、

「吉良さまや浅野さまのように、外出時の侍医にはなりましょうか」

「ふむ」

佳奈が微笑み言ったのへ、吉宗は真剣な表情でうなずいていた。

一緒に往還まで出た留左が、それらの背を見送りながら、

「ロクとトビの兄イに訊いても応《こた》えねえ。誰なんですかい、お嬢。あの大柄な若い侍《さむれえ》は。ずいぶん気さくなお人のようでやすが」

「ふふふ。紀州家のお人」

「それは分かっておりやすが」

佳奈が応えたのへ、留左はなおも首をかしげていた。

五

弥生（三月）も下旬になったころだった。

霧生院の庭を留左が竹箒《たけぼうき》で掃いているとき、たまたま前を通りかかった足曳きの

藤次が、

「おう、やってるな」

「それがどうしたい」

と、留左が相変わらずの口調で返し、冠木門のところで立ち話になった。

「だからよう、紀州さまの侍《さむれえ》のお忍び療治だっただけよ。あのあと、屋根から落ちた大工《でえく》や急に産気づいたご新造やらで、大変《てえへん》だったがよ」

「町で聞いたが、そうらしいなあ。ま、みょうな雰囲気だったが、変わったことがなくてよかったぜ」

「そうよ」

と、待合部屋から声が飛んだ。療治部屋からは灸の香がながれ、いつものように冴と佳奈が患者の療治にあたっている。

藤次の〝変わったこと〟とは、岡っ引の目で言っているのではない。

あのあと、吉宗と話した大工や左官たちから、あるうわさが町にながれた。

――いずれかの大名家が、冴さまと佳奈お嬢を御典医にと誘いをかけている
というのである。浅野家と吉良家の前例がある。うわさは信憑性《しんぴょうせい》をもって軒端《のきば》から軒端へと語り継がれ、それを藤次も耳にしたのだ。

ひとたび町医者が大名家の御典医などに〝出世〟すれば、これまで一杯一朱だった薬湯が十倍前後の二分にも三分にもなり、往診にも権門駕籠があつらえられ、代脈《だいみゃく》に薬籠持《やくろうもち》を随え、それらの費用から駕籠《かご》舁《か》きの弁当代まですべて患家が出さなければならなくなる。商家がそうした御典医に往診を頼めば、一回で職人の一月分《ひとつきぶん》の稼ぎに相当する二両あまりが吹き飛んでしまうことになる。ちなみに二百五十文が一朱で、四朱が一分、四分が一両である。霧生院の薬湯などは御典医が調合するのとおなじものでも、一朱を超えることはない。

町医者なら誰でも、大名家や高禄旗本のお抱えになりたがる。

ところが霧生院の町衆への接し方は、浅野家や吉良家の懇意を得るまえとまったく変わりなかった。もちろんこれは、霧生院が紀州藩薬込役の江戸潜みの拠点であり、一林斎がその組頭《くみがしら》だったからでもあった。江戸潜みの拠点であれば、町に根付いたかたちが絶対に必要である。しかしそれは町衆の知らない、関わりのないことだった。やはり霧生院が町場に馴染んだのは、一林斎の人柄によるところが最も大きかったといえるだろう。

その人柄は冴もおなじで、佳奈も受け継いでいた。薬込役のくノ一でなければ、冴は町の産婆であり女鍼師であり、佳奈はそれを継ぐ美貌の町娘だった。

冴が佳奈を代脈に、また佳奈が薬籠持に留左を随え、下駄でカタコトと患家をまわっているとき、

「あのうわさ、ほんとうなんでしょうか」

と、町の住人たちからよく声をかけられた。もちろん、療治部屋でもそれがもっぱらの話題となった。

そのたびに、

「あらあら、そんな根も葉もないことを」

「向こうから来るのなら診ますけどね」

と、佳奈も冴も否定し、町の者は安堵の胸をなでおろしていた。

足曳きの藤次が〝よかった〟と言ったのは、その意味からだった。

だが、不安がないわけではない。いつまでも〝母娘〟で霧生院を支えつづけてくれるだろうか。ご大家から誘いがあれば、つい名声と安定を求め……。あり得ないことではない。

きょうも療治部屋や待合部屋でそれが話題になり、冠木門では足曳きの藤次が、

「でもこのあいだは、周辺がみょうな雰囲気だったぜ」

と、留左と話しているときだった。

若党一人と中間《ちゅうげん》二人を随えた、いかにも高禄そうな武士が冠木門を入って来た。

「えっ」

と、その場の藤次も待合部屋も緊張に包まれた。待合部屋は婆さんと付添いで来た嫁の二人だけだったが、

(やはり)

藤次を含め、庭から屋内に硬い空気がながれた。

療治部屋では、明かり取りの障子を開けた佳奈が、

「えぇえ!」

驚きの声を上げ、

「なにゆえ!」

と、縁側にすり足をつくった。

弥生の下旬が近づいたころ、冴と佳奈は、

「――もう源六君のお行列、江戸を発って東海道のどこかでしょうかねえ」

「――兄《あに》さんのことだから、窮屈な駕籠を出て小倉織の袴で歩いているのでは」

などと話していた。

ところが佳奈の声に、冴も鍼の手をとめて庭に目をやり、

「これは加納さま！　いかがなされましたか」

言うなり縁側へすり足になり、端座の姿勢をとった。佳奈はすでに端座している。

入って来た武士は、いまごろ和歌山で準備をととのえ吉宗のお国入りを待っているであろう、城代家老の加納久通《ひさみち》だったのだ。

鍼療治を受けていた腰痛の爺さんが、

「あのう、冴先生。わしはあとでまた来ますじゃ」

「わたしたちも、あとでまた」

待合部屋でも婆さんと付添いの嫁も帰り支度を始めた。

それぞれが冴と佳奈の驚愕《きょうがく》した表情と挙措《きょそ》に、

（なにやらのっぴきならぬ問題が……）

感じとったか、二人とも痛みを訴える急患でないのがさいわいだった。

「すまぬのう。ちと理由《わけ》ありでのう」

久通は庭から、年寄りの患者二人に詫《わ》びの声をかけた。

庭では藤次が低声で、

「おい、留。どうなってんだ」

「知らねえよ」

留左は首を横に振り、

「おめえも用がねえんなら帰《けえ》りな」

神妙な表情で言った。お供の中間も含め、まったく知らない顔ぶれで、冴は〝加納さま〟と言っていたが、留左には聞いたことのない名である。

武家の作法か、ロクジュやトビタのときとは違い、加納久通が居間へ招じ入れられたあと、若党は待合部屋に入ったが中間二人は縁側に腰を下ろしただけだった。

庭では留左が、

「すまねえ。ちょいと取り込み中でよう」

と、新たに来た患者に腰を低くしていた。なにやら吉宗が来たときと似ている。留左に頭を下げられた患者は、中間や若党が居るのを見て、

「えっ、またお武家？　まさか、留さん」

「分からねえ」

心配げに問うのへ、留左は曖昧《あいまい》に返す以外なかった。

居間では、

「して、なにゆえご家老さまが江戸へ。して、源六君はいま……」

冴が口早に質《ただ》し、佳奈も答えを待つように久通を凝視した。

久通は言った。

「それがしも急なことで驚いておりまする。きのう江戸に着き、殿と話して急遽《きゅうきょ》それがしが霧生院《こ》へ来たしだいじゃ」

「ですから何が」

佳奈がじれったそうに問いをくり返した。

「そのことじゃ。ご正室の理子《まさこ》さまが身罷《みまか》られましたぞ」

「えっ」

佳奈は声を上げ、冴は息を呑んだ。

源六が氏倫、ロクジュ、トビタと霧生院に来た数日後のことらしい。病弱であった理子が不意に寝込み、御典医の診立てでは、

「――危ない。あと数日のお命……」

だったらしい。

病弱であれば、これまで吉宗の子をもうけることもなかった。

国おもてに急を知らせるため、大名飛脚のほかにロクジュも走った。薬込役独自のつなぎのためである。

知らせを受けた城代家老の久通は、急ぎ五十人ほどの供を連れ、江戸へ向かった。

着いたのはきのうで、理子はすでに二日前に死去していたという。

「葬儀は増上寺《ぞうじょうじ》で明日」

平坦な口調で久通は語り、

「これまでの経緯から、お許《こと》へは薬込役大番頭小泉忠介が説明に来るのが順当なのじゃが、国おもてには殿のご改革に抵抗する者も少なからず。それがしが和歌山を離れておるあいだ、城内にも城下にも目を光らせておらねばならず。トビタもおととい小泉への急使として江戸を発ちましてのう。沼津《ぬまづ》でそれがしと会い、霧生院へはわしがと、打合わせなどをしましたのじゃ。きのうも藩邸に入ると、さっそく殿と話しましてなあ……」

なるほど、吉宗から霧生院への使者としては、いま江戸おもてにいる者のなかでは加納久通しかいない。有馬氏倫は、江戸筆頭家老として、葬儀の準備で大わらわだろう。久通にしても、国おもてを代表して葬儀へ参列する身であれば、やはり多忙のはずである。

そのなかに、吉宗は久通を霧生院へ遣《つか》わした。

用件は想像がつく。佳奈を上屋敷へ迎えるにあたり、冴の胸中にあった棘《とげ》が消えたのだ。佳奈もとっさに、それを感じたであろう。

だが、吉宗の意志として久通の口から出たのは、意外な言葉だった。

——理子の葬儀に参列せよ
「えっ」

「なんと」

冴と佳奈は同時に声を洩らした。

また、同時に察した。

佳奈と理子は義理の姉妹である。参列は理に適《かな》う。それを吉宗は将軍家名代や諸大名、幕閣参列の場で、披露する気ではないのか。ひとたび血脈が公表されれば、佳奈はもう紀州徳川家の奥御殿に入らざるを得なくなる。

冴は戸惑った。目の前の懸念はなくなっても、将来《さき》に紀州徳川家でどのような問題が生じるか分からない。現に藩政改革への抵抗勢力もあるというではないか。その政争に巻き込まれぬとも限らない。

「そ、それは。あまりにも急なことゆえ……」

冴は言うのがやっとだった。

しかし、二十五歳の佳奈はこのとき、〝母親〟の冴よりも自身の確たる信念を備えていた。

──血脈は罪

意識の底に、その思いがながれている。

さらに死産した妊婦の処置を誤り死なせてしまった、精神上の外傷もある。

(町を、離れるわけにはいかない)

血脈よりも現実に見た赤い血が、佳奈を殿上《てんじよう》よりも、諸人《もろびと》のいる市井《しせい》に引き寄せている。

それだけではない。まるで平安朝の十二単《ひとえ》のような衣装で日々を暮らす……まっぴらご免である。

(それは兄《あに》さんが、一番よう知っているはず)

佳奈の脳裡に、それらが瞬時にめぐった。

そのような佳奈に久通は視線を向け、

「いかがでございましょうや」

言葉をあらためた。奥御殿の姫に対する口調である。

「うふふふふ」

不意に佳奈は、不敵に笑みを浮かべた。

「………?」

「あすは忙しゅうございまする」

怪訝な顔になった久通に、佳奈は返した。

「ん？　いま、なんと申された」

「加納さまもさきほどご覧になられましたでしょう。老いた患者が二人、途中で帰りました。こうしているあいだにも、幾人かが来て追い返されておりまする。あしたはそれらの患者がどっと来ましょう。それに、動けぬ患家も母上と一緒にまわらねばなりませぬ」

「なれど、佳奈さま」

久通が反論しようとしたときだった。

庭のほうから、

「おめえ、なんど言ったら分かるんでえ、まだ取り込み中だってよう」

留左の声が聞こえてきた。一度は退散した足曳きの藤次が、成り行きを心配してまた来ていたのだ。

「さあ、加納さま。霧生院はあすにはもっと取り込み中になりまする」

「佳奈、おまえ」

思わず冴は、毅然とした佳奈の横顔に目を向けた。

「本当に、本当にそれでいいのでございますね、佳奈さま」

久通が念を押すように言ったのへ、

「よござんすよう」

佳奈は故意に町娘の口調で応じた。

この日、佳奈が久通を見送ったのは、冴とおなじ玄関口であった。

うわさはさっそく町にながれた。

「いずれかの大名家が、また霧生院に目をつけたようだぞ」

そのつど冴も佳奈も否定し、立て込む忙しい日々を過ごした。

そのような霧生院に、吉宗の行列が江戸を発ったとの知らせが届いたのは、水無月《みなづき》（六月）に入ってからだった。正室死去の後始末に、それだけ時間がかかったのだろう。

国おもてからロクジュとトビタが帰って来たのは、文月《ふづき》（七月）になってからだった。二人そろって職人姿で霧生院に顔を出し、言ったものだった。

「なあに、紀州徳川家に世継ぎの心配はいりやせんぜ」

「そう。国では殿の側室になりそうな女性《にょしょう》は、一人や二人じゃござんせん」

「まあ」

佳奈は手を口にあて、偉丈夫な源六こと吉宗の姿を思い浮かべた。

須田町をはじめその周辺の住人たちは、それからも霧生院に変化はなく、冴と佳奈が日常の医療をつづけ、留左が相変わらず下働きに出入りしていることに安堵の胸を撫でおろしていた。

足曳きの藤次も、

「霧生院が鍼灸産婆の木札を下ろす？　あり得ねえことだぜ」

と、住人に訊かれれば応えていた。

六

国おもてでは小泉忠介が薬込役を差配し、江戸おもてでは新たに国おもてより出て来た薬込役たちが上屋敷のお長屋に住み、江戸筆頭家老の有馬氏倫がまとめ役となっている。もちろん統括するのは吉宗であり、薬込役が藩主直轄という構図に変わりはなかった。

霧生院とのつなぎは、いまなお江戸潜みとして町人姿で屋敷外に住むロクジュとトビタだったが、新たな指令を持って来ることはなかった。というより、その逆だった。ロクジュとトビタは職人姿で霧生院の冠木門をくぐって吉宗の藩政の進捗《しんちょく》具合を語ると同時に、

――冴さま、佳奈さま、ともに鍼医産婆として市井に溶け込みおられ候《そうろう》

氏倫をとおし、国おもてに報告していた。それを城内の一室で、あるいは中奥の庭先で、余人をまじえず吉宗に言上するのは小泉忠介であり、加納久通がかたわらに立ち会うこともあった。

「そこに霧生院のお二方《ふたかた》は、生きがいを感じておいでかと愚考いたしまする」

二人は口をそろえる。

役務を黙々と遂行する薬込役の伝達において、感想めいたことをつけ加えるのは珍しいことである。吉宗はそのつど、

「ふむ」

短くうなずいていた。

改革の進捗具合や、藩士と藩出入りの商人に不正や癒着《ゆちゃく》がないかなどを探索するのが、現在《いま》の薬込役の役務となっている。

小泉忠介は江戸潜みであるロクジュとトビタに、符号文字で命じていた。

——霧生院に新たな役務は求む勿《なか》れ

小泉ならずとも、家老の加納久通も有馬氏倫も佳奈の出自を知っておれば、霧生院に新たな役務など下せるものではない。一林斎の時代、源六を護ることが霧生院配下の江戸潜みたちの第一の役務であり、もう一つが佳奈の出自を隠すことだった。

吉宗は理子《まさこ》の葬儀の場で、その役務を解こうとした。だが、佳奈自身がそれをはね返した。役務は、吉宗を含め家老の加納久通、有馬氏倫、薬込役大番頭の小泉忠介、それに江戸潜みのロクジュとトビタによって守られていることになる。いわばそれは、佳奈から新たに出された役務といえるものだったのだ。

ロクジュとトビタは、ときおり役務のつなぎと拝命のため、交替で国おもてに戻っていた。江戸にも紀州と江戸を結ぶ廻船問屋などの出店《でみせ》があり、江戸潜みの薬込役も決して暇《ひま》ではなかった。

二人は東海道を往復するたびに霧生院に顔を出し、療治部屋で腰や肩に灸を据えてもらいながら、国おもての話をしていた。かつて陰陽師の式神や上杉《うえすぎ》の伏嗅組《ふしかぎぐみ》と死闘を演じた面々も、すでに四十代半ばになり、灸も鍼も患者をよそおうかたちだけのものでなく、実際に効果をあらわすものとなっている。

国おもてでは、お城の勘定方や作事方《さくじがた》と御用商人との癒着には大鉈《おおなた》を振るい綱紀《こうき》粛正《しゅくせい》へ徐々に成果を上げ、家臣の信賞必罰《しんしょうひつばつ》を厳にし、河川堤防の普請や新田の開発も着々と進んでいる。

「なかでも大手門の前に置いた訴訟箱は領民に評判がよく、書状はすべて殿が直々《じきじき》に目を通しておいでのようです」

「河川の作事にもさまざまな意見が出され、城下潜みの探索にも思わぬ成果を生んでいるようです」

と、訴訟箱について、ロクジュとトビタは話していた。

鍵のかかった大きな投書箱で、足軽から中間《ちゅうげん》、商人から百姓、漁師に至るまで、煩雑な手続きなど一切不要で、誰でも気軽に意見を具申できる制度である。吉宗はそれの一通一通に目を通しているようだ。

久しぶりにヤクシが霧生院の冠木門をくぐったのは、吉宗が藩主として二度目のお国入りをしてから二年近くを経た正徳《しょうとく》二年（一七一二）弥生（三月）のことだった。参勤交代で吉宗がまた江戸おもてに出て来ることになり、警護に薬込役が道中潜みにつくための江戸方との談合の用だった。

ヤクシは、薬込役と上杉家伏嗅組との最後の戦いとなった、東海道遠江《とおとうみ》の日坂決戦のあと、小泉忠介と国おもてに帰って城下潜みに就いていたから、九年ぶりの江戸出府となる。

それでも会えばやはり、思い出話よりも話題は現在《いま》の国おもての情況となる。すなわち、吉宗のようすである。ヤクシは霧生院の居間で、

「いやあ、殿はお若いせいもあろうが、なにごとにも陣頭指揮に立っておいででしてなあ」

と、ひとしきり藩政改革の進んでいることを話し、

「城下見まわりには馬にお乗りあそばし、ときには徒歩《かち》にてお忍びの場合もあります。そのときは素性が知れぬゆえ、村娘などにもお気軽に話しかけられましてなあ」

冴にはハッとするものがあった。

（秘かに子をもうけたりはしておらぬか）

そのことである。それこそ光貞のように〝罪つくりな〟子を、この世に迎えることになる。冴はそれとなく問いを入れた。

「そなたら城下潜みの者は、目が離せませぬなあ」

と、佳奈も気づいたか、ヤクシの顔を見つめ返答を待った。

「それはもう、片時も視界から見失うことはありませぬ」

応えたヤクシも問いの意味に気づいたか、

「ご懸念には、及びませぬ」

一言つけ加えた。

「向後とも、よう見張っていてくだされ」

冴は返したものの、心底から安堵したわけではない。なにしろ偉丈夫で本来が不羈《ふき》奔放《ほんぽう》な源六なのだ。

その源六こと吉宗が出府したとき、あらためて霧生院を訪ねたことがある。そのときも小倉織の袴に木綿の羽織を着《つ》け、職人姿のロクジュとトビタがつき添い、周囲には質素な衣装の二本差たちが屯《たむろ》した。

吉宗の来意は、妹である佳奈の元気な姿を見ることであり、奥御殿へ……と、ふたたび口にすることはなかった。

だが、霧生院の居間で佳奈を見つめる目は、完全に諦めたものではなかった。

（待つ）

その色を帯びていた。

吉宗はさらに霧生院へ訪《おとな》いを入れたかったであろう。しかしこのとき、とくに徳川御三家という環境と多忙がそれを許さなかった。

この年の神無月《かんなづき》（十月）に六代家宣《いえのぶ》将軍が五十一歳で江戸に蔓延《まんえん》していた流行風邪《はやりかぜ》にかかり、あれよあれよという間に死去したのだ。五代綱吉《つなよし》将軍の死去よりわずか三年半ほどの、短い治世だった。

世子《せいし》はいたが、幼かった。

揉めた。

御三家なら将軍位に就く資格がある。

当然、紀州家の吉宗は候補になった。二十九歳と年齢も申し分ない。

霧生院も、忙しかった。

町場にも将軍の命を奪った風邪が蔓延していた。町角や路地のあちこちでごほごほと咳き込んでいるのが聞かれる。とくにこの年の風邪はひどく咳き込み、体のふしに力がなくなり熱が出て、悪化すればそのまま死に至るのが特徴だった。家宣将軍は、これにやられたのだ。

「さあさあ、おかしいと思ったら外に出ず、部屋を暖かくしてたまご酒を飲み、ともかく寝るのです。元気な人も風邪を引きたくないなら、外から帰ればかならず手を洗い、ひたすらうがいをするのです。番茶の出がらを煮込んだのが効きます。それで幾度も念入りにガラガラやるのです」

冴は声を嗄《か》らし、大量に葛根湯《かっこんとう》を煮込み、留左が、

「へい、お待たせ」

と、蕎麦《そば》屋の出前よろしく患家をまわり、寝込んでいる患者には佳奈と手分けして咳止めの鍼療治にまわっていた。

七代将軍が決まったのは、年をまたいで正徳三年（一七一三）、それも流行風邪が収まった卯月《うづき》（四月）になってからだった。それだけ揉め、政争に浮沈攻防がくり返されていたのだ。

その末に誕生したのが、七代家継《いえつぐ》将軍だった。新井白石《あらいはくせき》らのあと押しがあったという。御年《おんとし》五歳で、大奥で生母お喜《き》代《よ》の方あらため月光院《げっこういん》に養育されながらの将軍就任であった。

いかに月光院や新井白石らが肩入れしようが、五歳の将軍では御側《おそば》御用人が以前にも増して専横をきわめ、それがまた権力争いを誘い、幕府組織の箍《たが》がゆるむのは当然

の帰結だった。大奥女中の江島《えじま》が、歌舞伎役者の生島新五郎《いくしましんごろう》と不祥事を起こしたのも、この時代（正徳四年）のことである。

そうした幕政の混乱に、吉宗は好むと好まざるとにかかわらず、なかば必然的に巻き込まれ、さらに藩政の改革も進めねばならず、その改革の大きな柱の一つが徹底した質素倹約であった。華美な衣装より、かえって吉宗の小倉織の袴に木綿の羽織は衆目を引くものとなっていた。

七

「それはもうご多忙で」

と、ときおり霧生院を訪ねるロクジュとトビタが、

「湯浴《ゆあ》みの時間も食事の間も、切り詰めておいでのようです」

「国おもてでも采配を揮《ふる》わねばならず、参勤には行列ではなく早馬にするかなどと、有馬さまに申されておいでです」

と、吉宗の日々を伝えていた。

戦国でもあるまいし、大名が早馬で国入りなどあり得ないが、吉宗が言うのでは聞

いた者はハッとする。実際、綱吉の葬儀には江戸からの早馬による知らせに、和歌山から早馬ではなかったが少人数の騎馬隊を組み、江戸まで急ぎに急ぎ上野寛永寺《うえのかんえいじ》に駈け込んだのだった。

吉宗の多忙を聞いた佳奈が、

「兄《あに》さんは、やっぱり可哀相。わたしがお側にいて、支えたいくらい」

「これ、滅多なことを言うものではありませぬ。一度決めたことは、なにがあろうと貫かねば。それがそなたの……」

ふと言ったのへ、冴は厳しい口調でたしなめた。

藩政の改革でも藩内に多くの敵をつくるのに、柳営《りゅうえい》（幕府）の権力争いにまで関わっているとなれば、佳奈が藩邸の奥御殿に入って側面より吉宗を支えたなら、薬込役を背景に持ち、みずからも女鍼師でくノ一という特異性から、いかなる役務を任されるか知れたものではない。

それを思ったとき、冴は秘かに胸を撫でおろすのだった。秘伝の必殺技、埋め鍼《うずばり》である。

特番の極細の鍼を対手に打って尖端を体内で折り、幾つもの目に見えないほどの鍼先が幾月か幾年かをかけてその体内をめぐり、やがて心ノ臓に至って急死させる。ひとたび打てばいつになるかは分からないが、確実に対手を死に至らしめる必殺の技である。戦国の世から代々霧生院家に受け継がれ、一林斎もそれを幾度か打った。その秘術を一林斎は、佳奈に伝えることなく死去した。埋め鍼の尖端を砥《と》ぐことさえ秘伝で、冴もそれを受け継いでいない。

埋め鍼は、おそらく吉宗も小泉忠介も、加納久通も有馬氏倫も知らないだろう。冴をのぞいて知っているのは光貞と冴の父親で薬込役大番頭であった児島竜大夫《こじまたつたゆう》の二人だけだったのだ。それらはいずれも世を去っている。

もし佳奈がそれを継承し、吉宗がその秘伝の存在を知ったならどうなる。

（源六君は政争のなかに魔が差し……）

冴の胸中にゾッとしたものが走る。一林斎が埋め鍼を、源六暗殺の元凶であった光貞の正室安宮照子《やすのみやてるこ》と、源六の腹違いの兄で三代藩主だった綱教《つなのり》に打ったのは、熟慮に熟慮を重ねてのことだった。

佳奈はそれを知らず、そうした秘術の存在したことも知らない。そのことは、佳奈が陰謀と命のやりとりに身をおく境涯から抜け出る、必要な一里塚であった。

正徳四年（一七一四）のころだったか、霧生院には思わぬ逸話的なこともあった。

吉宗は質素な行列を仕立て、終始速足でお国入りして江戸不在だった。佳奈は二十九歳になり美貌はなお衰えないものの、冴は五十七歳で白髪が増え、すでに婆さんの風情とあっては、急患や急なお産には佳奈が駆けつけるようになり、庭や屋内の力仕事には、五十路《いそじ》にかかったとはいえ留左がますます必要となっていた。傍《はた》から見れば、留左はすっかり霧生院の通いの老僕となり、その姿は献身的ともいえた。

「やい、留。おめえが丁半やらねえんじゃ喧嘩《けんか》にもなりゃしねえ。もの足りねえぜ」

まだ岡っ引を張っている足曳きの藤次が言っていた。

「こきやがれ。悪いとこねえくせして、ちょろちょろ霧生院《ここ》の庭に入ってくんねえ」

と、留左の意気盛んなところに変わりはなかった。

その留左が神田明神下の患家に薬草を届けた帰りだった。神田川の筋違御門の橋を渡り火除地の広場に入ったところで、かつての博打仲間三人と出会った。広場は柳原土手《どて》につながり、柳営の混乱とは関係なく、相変わらず屋台や大道芸人などが出てにぎわっていた。

最初は久しく出会ったものだから三人と立ち話で談笑となった。ところが突然、

「なにを！」

と、留左が三人に殴《なぐ》りかかり、騒ぎを聞いた足曳きの藤次が駆けつけ、割って入っ

たが喧嘩に巻き込まれる始末で、霧生院に走る者がいて佳奈が駈けつけ、ようやく収まった。

柳原土手や火除地で、また町角で騒ぎがあって霧生院から人が駈けつけるのは、綱吉の時代には頻繁にあったお犬さま騒ぎ以来のことだ。

留左に藤次と喧嘩相手の三人を含む五人は、仲よく霧生院の縁側で、

「あーあぁ、こんなに殴り合って」

と、冴と佳奈から打撲や擦り傷の手当を受け、

「いったい、なんなのですか。喧嘩の原因は」

「留の野郎が、いきなり殴りかかってきやがって。痛てて《いて》て」

訊かれたのへ、三人のうちの一人が応え、あとの二人も理由《わけ》が分からぬといった顔でしきりにうなずいていた。

「てやんでえ。気に入らねえからよ。痛っ」

と、留左は言うばかりだった。

さいわい骨折や刃物の傷はなく、その場で三人は包帯と絆創膏《ばんそうこう》だけで帰り、留左もこの日は面目なさそうに長屋へ帰った。額に絆創膏を貼った藤次がついて行った。

長屋で藤次が、

「三人も相手に。おめえから殴りかかったようだが、いってえなんだったんだ」

「うるせえ」

訊いたのへ、やはり留左は返すばかりだった。

最初は、

「――よう、久しいじゃねえか。おめえ、すっかりおとなしくなったなあ」

「――丁半張るのにおめえがいねえんじゃ張り合いがねえぜ」

などと、和気あいあいとしたものだった。

ところが三人が、

「――留よ、おめえがおとなしいのは、やっぱりなにかい。霧生院の」

「――あそこの若《わけ》え女鍼師さんよ、別嬪《べっぴん》で色気も出てきやがったからなあ」

「――あはは、おめえがいくらその気になったってよう。あきらめて、また博打の胴元でもやんねえ。大歓迎だぜ」

「――なにぃ」

と、不意に留左は殴りかかったのだった。

「なにか嫌味でも言われたのかい。おかげで俺までとばっちりを受けちまったぜ」

「うるせえなあ。誰がおめえに助っ人を頼んだ。勝手に出て来やがってよ」

「そうかい。おめえ、やっぱり血の気の多いのに変わりはねえなあ」

と、足曳きの藤次は首をかしげながら長屋を退散した。

霧生院では冴も佳奈も首をかしげている。

留左がなにも言わないのだから、誰にも原因が分からない。

長屋で一人になった留左が、

(薬込役とやらの影がなくなっちまったのは物足りねえが、まだ霧生院に出入りさせてもらっている。世のため人のため、そこが嬉しいんでさあ、冴さま、佳奈お嬢)

胸中につぶやき、

「痛てて」

そこだけが声になった。

ここ数年で、神田界隈での騒ぎといえば、そのくらいだった。

だが、柳営(幕府)は動いていた。

正徳六年(一七一六)卯月《うづき》(四月)だった。この年は途中で享保《きょうほう》元年と改元され、柳営にとっても吉宗にとっても、重大な転換点となるものだった。去年春に吉宗は江戸に出府し、そのまま赤坂の藩邸に滞在し、多忙な日々を送っていた。冴はこの年五十九歳、佳奈は三十路《みそじ》を越えて三十一歳になっていた。

その日、留左が患家へ薬草を届けに出かけ、途切れることのなかった患者に珍しく切れ目ができ、冴と佳奈は縁側に出てひと息入れる機会に恵まれていた。ときどきある、忙中に閑ありのひとときだった。

以前と変わりのない庭の薬草畑に目をやり、

「父上が世を去ってから、七年になりますねえ」

「この療治部屋も庭の畑も、あのころとまったく変わっていないねえ」

佳奈が言ったのへ、冴は応えた。霧生院が以前と変わりなく、この神田須田町に存在しつづけている。それが、

(世のため、人のため)

冴と佳奈の意識にあり、自負もしている。

佳奈がまたぽつりと言った。

「イダテンさんもハシリさんも、いつも中間姿だった氷室章助さんも、日坂の戦いで命を落としてから、十三年ですねえ。今年は、七年と十三年なんですねえ」

冴は無言でうなずいた。

(お仲間も、対手の命を多く奪いました)

胸中にながれている。

霧生院がその境遇から離れて久しい。

それらの感慨にふけっているとき、

「ん？　急患」

冴と佳奈は冠木門に目をやり、同時に腰を上げた。

町駕籠が一挺、かけ声とともに入って来たのだ。急な患者が町駕籠や大八車で運び込まれるのは珍しいことではない。

だが、付き添いの者がいない。

「あらあら、またどうして」

言ったのは冴で、佳奈も怪訝な表情になった。

駕籠から庭に降り立ったのは、老いた職人姿のロクジュだった。いまなおトビタと赤坂の町場で江戸潜みをつづけ、藩邸と霧生院とのつなぎ役になっている。二人とも霧生院に来るときは、町の散策を楽しむように歩いて来る。町駕籠に乗って来たのはこれが初めてだった。頭がかなり禿《は》げ、ただでさえ大きくて長い額が、いよいよ福禄寿に似てきたように見える。

そのロクジュは駕籠を帰すと縁側に近づき、

「ほうほう、ちょうど患者がいなさらないのはようござんした」

と言う表情が、真剣だった。

「なにか急なことでも？」

佳奈は胸の動悸を抑え、座を療治部屋に移した。源六こと吉宗の身になにかあったのか……思えてきたのだ。それは冴もおなじだった。

「さあ、ロクジュさん」

「はい。いましがた、藩邸につなぎの藩士が、柳営より戻って来ましてなあ。ご家老の有馬さまに言われ、急ぎ参りましたのじゃ。すでに国おもての加納さまにも、急使が発ちましたじゃ」

ゆっくりした口調だが、やはり緊急事態が出来《しゅったい》したようだ。だからかえってロクジュは、落ち着いて話しているのかもしれない。乗っているとき駕籠を急がせたか、息切れを隠し疲れを見せまいとしているのが異常である。佳奈の用意した、夏場の暑気払いと滋養に効果のある枇杷葉湯《びわようとう》を一口のどに流し込み、

「心してお聞き召され」

畏《かしこ》まった口調に変わり、ロクジュは話しはじめた。

そのゆっくりした口調に、冴も佳奈も内心苛立《いらだ》っている。

十日ほど前のことらしい。御年八歳になっていた家継将軍が風邪をこじらせ、危篤《きとく》状態になっていたらしい。

秘かに幕閣が殿中に呼ばれ、そのなかに吉宗ら御三家の姿もあった。継嗣《けいし》問題、すなわち後継争いがそこに展開されていた。

うろたえていた生母の月光院は気を落ち着け、吉宗にそっとささやいた。

「――家継さまの、後見人になってくだされ」

吉宗は驚き、一度は拒《こば》んだが……受けた。先代家宣《いえのぶ》の御台所天英院《てんえいいん》も吉宗を推したという。もちろんそこに至るまで、さまざまな闘争と画策があった。だが、決め手となったのは、紀州藩における吉宗の藩政改革の実績だった。

だがそれらは、霧生院での療治に専念する冴と佳奈には無関係のことだった。

柳営では、将軍家の御典医の薬湯に効なく、家継は行年《ぎょうねん》八歳で逝《い》った。

将軍の後見人はすなわち、次期将軍位を継ぐことを意味した。

詳しい臨終の日時は、ロクジュは聞かされていなかったが、この瞬間に第八代吉宗将軍が誕生したことになる。この享保元年、源六こと吉宗は御年三十三歳と、実も花もある年齢であった。

「まっこと、まっことか、ロクジュどの」

冴は驚愕のなかに、ロクジュを問い詰めるような声を洩らした。

ロクジュは胡坐《あぐら》を端座に変え、淡々と返した。

「まことにござりまする。吉宗さまは第八代上様に」

「…………」

佳奈は黙していた。というよりも、

（源六の兄さんが将軍!? 罪つくりな！）

思わず絶句していたのだ。なにが〝罪つくり〟なのか、佳奈にも分からない。来《こ》し方《かた》を顧《かえり》みれば、ただそう思えてくるのだ。

それよりも、佳奈は紀州家の姫どころか、出自を明かせば江戸城大奥にも君臨できる、将軍家の御妹君となったのだ。

実はそれを証明する、光貞から賜《たまわ》った葵のご紋入りの短刀は、冴がまだ秘かに居間の納戸《なんど》の奥に保管している。佳奈が小田原の海に投げ捨てたのは、葵の印籠だけだったのだ。

二　現われた御落胤《ごらくいん》

一

「あはは、あははは」

突然、佳奈は嗤《わら》いだした。それ以外になかったのだ。

わが身も薬込役のくノ一として、幾度か冴と一緒に修羅場に出た。そのなかに、おのれの境遇も知った。すべてが紀州徳川家という盤の上での動きだった。

だから、
自分が紀州家の姫……。

拒絶はしたが、〝そのような血脈〟として、認識はできる。

しかし、将軍家の御妹君……。

現実の範囲を超えている。

だが、源六こと吉宗が八代将軍位に就いたというのでは、明らかに現実である。

これが六歳、七歳の、まだ須田町のわらべたちと柳原土手をめぐり、神田川の川原に走っていたころなら、言われるまま権門の女乗物に乗せられ、幾重《いくえ》もの巨大な城門をくぐっていたかもしれない。

現在《いま》は三十一歳である。嗤いをふととめ、真剣な表情に戻った。

(兄《あに》さん、大丈夫かしら)

思えてきたのだ。

ご政道のことではない。それならすでに紀州藩で実証済みであり、心配よりもむしろ期待が大きい。

和歌山で城下潜みをしているヤクシが出府したおり、霧生院を訪ね言っていた。お忍びで城下に出かけては、

「――村娘などにもお気がるに話しかけられ……」

もちろん警護にはヤクシ以下薬込役が、吉宗が霧生院を訪《おとな》ったときのように、周辺を固めていることだろう。だがそれは、吉宗を〝外敵〟から護るためのものであり、〝監視〟するためではない。

(兄《あに》さんの不始末が……)

思えてくるのだ。

患者のいない療治部屋で、

「母上」

佳奈は冴に視線を合わせた。

冴もおなじ懸念を感じていた。

佳奈の視線に返した。

「五十五万五千石、御三家のお大名だったのです。わきまえておいででしょう。それに三十路《みそじ》も過ぎ、分別もおありのはず。いかに光貞公に輪をかけたような、不羈奔放なお方だとはいえ……」

言葉を切り、

「しかも、これからは柳営の将軍さま。お忍びも儘《まま》なりますまい」

言ったものの、懸念をすべて払拭したのではない。

佳奈と冴は、ふと視線をそらせた。〝母娘〟で口にするのも恥ずかしい、

(まさか、さようなことはあるまいが)

思われる一時期がある。

源六が和歌山に滞在したのは、紀州家五代藩主としてお国入りしたときだけではない。綱吉将軍から越前葛野《かずらの》藩三万石を賜《たまわ》ったとき、まだ十四歳で藩政は加納久通《かのうひさみち》に任せ、みずから葛野へお国入りすることはなく、紀州藩第五代藩主に就くまでのおよそ八年間、参勤交代で江戸に出府する以外は、ずっと和歌山に暮らしていたのだ。

庭から声が聞こえてきた。

「冴さま、お嬢、患者ですぜ」

薬草を届けに患家をまわっていた留左が、町内の腰痛の婆さんをいざない、戻って来たのだ。

「ほんに、留さんといいところで会いましたよう」

「あらあら、お婆さん。気をつけて」

佳奈は縁側に出て婆さんの腕を支えた。

ロクジュが来たとき、たまたま患者の足が途絶えていたのは、飛び込んだ重大事を受けとめるための、天の采配だったのかもしれない。このあと立てつづけに患者が来て、待合部屋はにぎやかになった。

「最近、ちょっと動いただけで息切れがしてねえ」

「それはまだましさね。わしなどは、朝起きたときから肩と腰が痛うて」

と、幼い家継将軍の死去は話題にもならない。まだ柳営から発表されていないのだろう。あれば江戸の町が喪《も》に服さなければならない。

療治部屋も忙しくなり、おかげで夕刻に佳奈が台所に入る時間がなくなり、夕餉《ゆうげ》の惣菜《そうざい》は向かいの一膳飯の大盛屋から取った。よくあることだ。

膳をはさみ、話題は、

「炭屋のご隠居、腰が痛いのはやはり若いころの無理がたたったのでしょうねえ」

「足の骨を折った大工さん、元どおりに治りそうでよかった」

と、ことさら〝吉宗将軍〟を避けたものになっていた。それだけ強く意識していることになる。意識というより、困惑に近かった。

きょう一日を終え、

「それでは、消しますよ」

と、行灯《あんどん》の火をフッと吹き消すときだった。冴の目は、ちらと長押《なげし》の上の納戸《なんど》にながれた。奥には光貞から賜った葵紋の短刀がしまわれている。印籠は佳奈が波間に投げ捨てたが、短刀の存在は話していない。捨てがたかったのだ。

だから、

（佳奈が見つけ出したらどうなる）

その懸念が、終始、冴の胸中にある。

源六が八代将軍となったいま、それがいっそう強く思われ、存在をこの世から消し去ることが、恐ろしくもさえ感じられてくるのだった。

行灯の火を吹き消し、部屋の中は闇に包まれた。

しばらく暗い静寂《しじま》のなかに、二人の寝息は聞かれなかった。

紀州藩主という段階があったものの、驚天動地のことに違いはない。

心落ち着ければ、やはり思われてくるのは、これまでの源六の奔放な行状で、

(あとに残したものはないか)

そこである。

一つの部屋に蒲団《ふとん》をならべておれば、気配から互いにまだ眠りに入っていないことが分かる。冴が、闇のなかに声を這《は》わせた。

「懸念には及びません。これから柳営のことは、町場でも聞かれましょうから」

「…………」

数呼吸の間をおき、

(さようなことではありませぬ)

佳奈は言おうとしたが呑み込み、

「ロクジュさんやトビタさんも、知らせてくれるでしょうねえ」

低い声で返した。

二人とも懸念の対象を、故意にそらせている。

冴は、闇のなかでふたたび納戸のほうに視線を投げ、ぶるると身を震わせた。佳奈の知らない、冴一人の懸念からくる恐怖感だ。

佳奈がもし納戸の短刀を見つけ、捨てずにそれを胸に抱いたなら……。

江戸城から華麗な女乗物が迎えに来ることになる。

着飾った佳奈が乗り込み、お城の大奥に入る。

権謀術数のうず巻くなかに、佳奈には一方の旗頭《はたがしら》となる背景がある。

かつて紀州徳川家の奥御殿で、ご簾中《れんちゅう》さまと称《よ》ばれた安宮照子《やすのみやてるこ》は、源六を亡き者にしようとさまざまな画策をした。似た立場に、佳奈が立たないとも限らない。しかも佳奈には、人を使嗾《しそう》し命を下すだけでなく、毒草の扱いも知っており、みずから動く技量もある。

翌朝、冴は、

（捨てよう）

思い、納戸の襖戸《ふすまど》に手をかけたが、その手を動かす勇気はなかった。

二

待合部屋で、

「世の中、大きく変わってるみたいじゃね」

「そうよ。こんどの公方《くぼう》さま、市井《しせい》をよく知った偉いお方だって、もっぱらの評判じゃ」

荒物屋の婆さんが言えば炭屋の隠居が返し、まわりの者もうなずいているのが、療治部屋に聞こえてくる。

実際に山が動くほどに変わろうとしていた。ロクジュとトビタがそれらをつぎつぎと霧生院に知らせる。

江戸に出府していた城代家老の加納久通と江戸筆頭家老の有馬氏倫《ありまうじのり》が、柳営に入り御側御用取次《おそばごようとりつぎ》となって幕政全般にわたって吉宗を補佐し、その他の人材の登用にも目を瞠《みは》るものがあった。

天領の山田《やまだ》（伊勢《いせ》）奉行であった大岡忠相《おおおかただすけ》を江戸町奉行に、在野で川崎宿《かわさき》の名主だった田中丘隅《たなかきゅうぐう》を支配勘定並代官に、市井の儒学者だった青木昆陽《あおきこんよう》を薩摩芋御用掛《さつまいもごようがかり》に据えるなど、思い切った適材適所は枚挙にいとまない。

年が改まり、享保二年（一七一七）夏のころだった。

国おもてで薬込役大番頭《おおばんがしら》だった小泉忠介が、ひょっこりと霧生院の冠木門をくぐった。小倉織の袴に木綿の羽織だったから、いずれかの下級武士が町医者へ療治に来た風情で、まったく目立つものではなかった。しかも、その日の最後の患者が帰るのを見計らったような、夕刻に近い時分だった。

「あれえ、お侍さま。こんな時分に、なにかの療治においでかね」

と、薬草畑にいた留左が腰を上げ、来た時刻を咎《とが》めるような口調で言った。

留左は火除地の広場で昔の悪仲間三人を相手に取っ組み合いの喧嘩を演じて以来、霧生院では庭仕事と使い走りをもっぱらとし、屋内に上がるのは台所の水汲みか重い物を運ぶ力仕事のときだけとなっていた。

これには佳奈が、

「——留さん、なにを遠慮しているの」

「——へえ、まあ」

と言うのへ、曖昧に応えるばかりだった。

その留左の声が聞こえたか、明かり取りの障子を開け放した療治部屋から、

「これは小泉さま、お珍しい」

と、冴が縁側にすり足をつくり、

「ちょうどようございました。ささ、中へ」

療治部屋に招き入れた。

見覚えのない武士であり、留左が首をかしげるのを尻目に、小泉忠介は縁側から療治部屋に上がり、

「いや、きょうは療治ではございませぬ。したが、話はここで」

小泉の言葉に、療治部屋に緊張が走った。町の住人に、療治に来たように見せるための配慮か、なにやら秘めた話があるようだ。

障子は開け放したままで、冴が親しく迎えたことから、

（ロクジュやトビタの兄イたちと同類のお人か）

留左は思いながら、また畑仕事にかかった。薬草畑は夏場は草が伸び、常に草むしりをしておかねばならない。

「これは小泉さま」

と、佳奈も親しげに迎え、お茶の用意に立つと、冴は牽制の意味を込めて小泉に言った。

「ご覧のとおり、わたくしたちはもうすっかり、市井の鍼医と産婆になっておりまするゆえ」

「むろん、承知しております。きょうは一林斎さまへの焼香と、私の近況報告のつもりで」

言われれば拒《こば》めない。それに薬込役大番頭の近況といえば、吉宗の柳営での見えざる動きに直結するだろう。興味はある。しかも小泉忠介は、一林斎が江戸潜みの組頭だったとき、その配下で藩邸と霧生院を結ぶ小頭《こがしら》だったのだ。

佳奈が盆を両手に療治部屋へ戻って来て、

「ほんとうにお久しゅうございます。で、小泉さまは、いまはいずれに」

「はい。そのことにござります」

小泉は足を胡坐居《あぐらい》に組んでいるが、勧められた湯飲みを恐縮するように口へ運び、ゆっくりと喉を湿らせた。冴にはそれが、佳奈をかつての上役の〝お嬢〟よりも、将軍家の妹君と意識しての挙措《きょそ》に見えた。実際、きょうの小泉は、その意識を秘めた上での訪問だった。

「国おもてより、上様に江戸へ召され……」

小泉は話しはじめた。もちろん、上様とは吉宗のことである。

ことしの春ごろだったらしい。出府するなり江戸城本丸御殿の中奥に召され、吉宗も出座し加納久通と有馬氏倫をまじえた四人で談合がもたれたという。

「国おもての薬込役をそっくり江戸に移し、柳営に締戸番《ししどばん》なる隠密組織が設《もう》けられましてなあ……」

小泉は庭先の薬草畑の留左を意識したわけではないが、声を低めた。

大名家や諸国の動静の探索が、

「おもな役務ですじゃ。仕組も薬込役が藩主直属でありましたように、締戸番も上様直轄で私は大番頭を拝命し、上様とのつなぎは加納さまがなさることになりましてなあ……」

なるほど、薬込役と仕組はおなじで、その役務が大掛かりになり範囲も全国に拡大した組織のようだ。やがてこれが公儀御庭番《おにわばん》と改組されることになる。

「それを話すために、わざわざ来られましたのか」

冴は皮肉を込めた口調で返し、佳奈は返答を待つ視線になった。

「いえ。ただ、われらの近況としてお聞きくだされ。ロクジュもトビタも、この締戸番の組頭に就きましたのじゃ」

小泉は語り、

「きょう私がここに参りましたは、ただその報告のみにて、上様に命じられたわけではありませぬ」

つけ加えた。そこに嘘はないだろう。

薬込役がそっくり公儀隠密となったわけだが、そこに医者や薬売りとなって各地に潜む者を女鍼師の霧生院が統括すれば、埋め鍼を継承していなくても、これほど効果的な仕組は他に望めないだろう。それに冴か佳奈がいずれ外様《とざま》大名の御典医か、上席藩士への出入り医師になれば、それこそ願ったり叶ったりであろう。しかし、たとえそうであっても、源六こと吉宗が佳奈をそこに組み込もうなど考えもしないだろう。むしろ、加納久通や小泉忠介が進言しても、

『ならぬぞ』

即座に否定するはずだ。

実際、そうしたやりとりがあったのかもしれない。

「さようですか」

冴はうなずき、

「皆さまがた、新たな役務を与えられ、充実しておいでのことでございましょう。わたくしどもも町の鍼医に産婆として、これぞ世のためと充実した日々を送っておりま

する。そなたも締戸番とやらの大番頭であれば、これからも源、いえ、上様に直接お会いなさる機会がありましょう。さようにお伝えくだされ」

「そのとおりです、小泉さま」

佳奈も冴の言葉を引き取るように言った。

いつのまにか陽は落ち、外は夏の暮れなずむ時間帯に入ろうとしていた。

「冴さま、お嬢。きょうも向かいの大盛屋になにか頼んでおきやしょうか」

庭から留左が大きな声を入れた。

留左に他意はなかったが、これがいいきっかけとなった。

「それでは、私はこれで」

腰を上げながら言った小泉の口調も表情も、まだなにかを言い足りない、もやもやしたものを乗せていた。あるいは、加納久通や有馬氏倫らと語らって、霧生院の締戸番江戸城下潜みとしての再稼働を秘かに望んでいたのかもしれない。そうだとすれば、将軍家の御妹君と知ってなんとも畏《おそ》れ多いことだ。

大盛屋から留左が戻って来たとき、小泉忠介はすでに帰っていた。

庭から縁側越しに留左は問いを入れた。

「さっきのお侍、もうお帰りですかい。身なりからあまり偉そうには見えやせんでしたが、どっかの大名家のお誘いなんかじゃねえでしょうなあ」

「そんなんじゃありませぬ。紀州家のお侍で、国おもてから江戸勤番になったので、その挨拶《あいさつ》にちょいと顔をお出しになっただけです」

佳奈が療治部屋のかたづけをしながら応えた。

「えっ、紀州家の？　一林斎先生がいらっしゃったころにゃ、霧生院《ここ》はなにやら紀州家の御用も請け負っておいででやしたが、またそれを？」

留左はいくらか期待を込めたように返し、

「あっ、まさか。将軍家出入りの話が⁉」

「留さんはそれを望みますか」

冴が訊いたのへ、

「い、いや、まあ、その、あっしが薬籠持《やくろうもち》で、江戸城の大手門を？　そんなこと望んだ日にゃ、町の衆から袋叩きにされまさあ」

「まあ」

佳奈は口に軽く手をあてた。

霧生院を出た小泉忠介は、四《よ》ツ谷《や》御門内の番町《ばんちょう》に与えられた加納久通の役宅に向かっていた。

すでにあたりは暗くなり、他人の屋敷を訪《おとな》う時刻ではなくなっていたが、久通は待っていた。それも玄関に近い客ノ間ではなく、奥の居間に招じ入れ、家人も奉公人も遠ざけ、行灯の灯りのなかにほとんど膝を交えるように向かい合った。聞いている者もいないのに、自然に声もひそひそ話のように小さかった。

「して、どうでござった。冴どのと佳奈さまのご反応は」

「やはり、ロクジュやトビタのいうように、町場にすっかり溶け込まれ、そこを動きたくないようにお見受けいたしました」

久通の問いに、小泉は応えた。

二人はやはり、吉宗の下命を受けていた。

——佳奈と冴の真意を探って参れ
で、あった。

「しかし、じれったいのう」

「まったくです」

久通と小泉はおなじ愚痴をこぼした。

二人には、吉宗の言う〝真意を探れ〟とは、佳奈に将軍家の妹としての待遇を受ける気がほんとうにないのか、それを探れという意味であることは分かっている。だが直截《ちょくせつ》に質《ただ》すことはできない。それができるのは、光貞と一林斎と児島竜大夫の三人のみである。だが三人とも、この世の人ではない。久通も小泉も、さらにロクジュもトビタも、佳奈の血脈を一切口にせず、知らぬこととするのが、いまなおかれらには生きている不文律なのだ。

そこを久通と小泉は〝じれったい〟と言っているのである。

歯痒《はがゆ》さを感じるなかに、加納久通は言った。

「それにしても解《げ》せぬ。なにゆえ冴どのもご当人の佳奈さまも、それをお望みにならぬ。夢のような話ではないか」

「待たれよ、加納さま」

小泉は言った。

「わしら薬込役の者は、大番頭の竜大夫さまと組頭の一林斎さまと、源六君をお護り参らせるため、二十年間も血みどろの戦いを演じてまいった」

「ようやってくれた」

「そこに冴どのも戦い、佳奈さまもくノ一として飛苦無《とびくない》を幾度か放たれ、人の生き死にもご覧になった。すべて、源六君の血脈のゆえでござった。だからお二方とも、これでもういい……と」

「ふーむ、そういうものかのう。したが、欲のないことよ」

小泉が言ったのへ、久通はなおも解せぬ表情で返した。そこにながれる解釈は、ご政道をもっぱらとした加納久通と、薬込役として戦い抜いてきた小泉忠介との相違かもしれない。

「あす、わしから上様へさように話しておこう。したが締戸番として、そこを探るのが最も難しい役務だのう」

「そのとおりでござる」

久通が言ったのへ、小泉は返していた。

三

霧生院には遠くからもお呼びがかかり、とくに須田町をはじめ近辺の神田界隈に走る幼な子から、色恋を感じるほどになっている息子や娘たちも、ほとんどが冴か佳奈が産声《うぶごえ》を上げさせた者となっていた。

吉宗の、世を改めるご政道も目に見えて成果を上げている。

いつの日だったか、薬草畑の手入れをしていた留左が縁側に腰かけ、待合部屋の胃痛の若い衆と腰痛の婆さんに、

「おう、知ってるかい。外濠《そとぼり》ご城内の評定所の前に、賽銭箱《さいせんばこ》みてえな大きな箱が置いてあってよ、誰でもそこへご政道への注文や意見具申ができるってよ。そこへ入れた書状は、公方さまが直々《じきじき》にご覧あそばしているってよ」

「知ってるさ。目安箱《めやすばこ》ってんだろう。そんなの、誰だって知ってるぜ」

療治部屋で聞いていた冴と佳奈は顔を見合わせ、ほほえんだ。紀州藩で実施していた、訴訟箱の柳営版にほかならない。

町医の投書によって、貧窮者への医療施設となる小石川養生所《こいしかわようじょうしょ》が開設されたのは、その成果の一つであり、これには冴も佳奈も思わず投書した医者にも吉宗にも敬服したものだった。

そのとき、腰痛の婆さんが言ったものだった。

「もしもねえ、また霧生院《ここ》に御典医の話など持って来るお大名家があったら、あたしが投げ文《なぶみ》しようかねえ。お大名家は庶民のことを考えろって」

「ほっ。婆さんが書いたなら、俺が評定所までおぶって行ってやるぜ」

若い衆が応じていた。

療治部屋や待合部屋での話題はそればかりではなかった。あるときなど、倒れてきた材木を受けて肩を脱臼した鳶《とび》が、骨折はないとの証《しょう》を立てられ、

「おぉぉぉ、あと一月《ひとつき》に迫ってんだ」

と、泣いて喜んだ。祭りの神輿《みこし》が担げるというのだ。この鳶が威勢を張る〝いろは四十八組〟の町火消は、町々に屋根瓦《がわら》と土蔵の建設を奨励するとともに創設されたものだ。これも目安箱の意見がきっかけになった。

吉宗は質素倹約を奨励し、博打《ばくち》や岡場所の取り締まりを厳にする一方で、庶民に息抜きの場も用意した。これまで三年に一度だった神田祭と山王《さんのう》祭を一年ごとの輪番にあらため、祭礼の振興による活気は全国に波及した。その中心地のお江戸で、

「公方さまの与えてくだすった祭りを、指をくわえて見てるなんざ末代までの恥」

と、肩をさすりながら言うのだ。

さらに、諸人《もろびと》にとって娯楽といえば花見だった。だが、花見といえば一本桜の名所があるばかりで、

「へん、桜が一本？　そんなの江戸っ子の気風《きっぷ》に合うかい」

と、庶民の心意気を解したのは吉宗ならではのことだった。

派手な並木桜が見られるのは上野山《うえののやま》だったが、なにぶんここは将軍家菩提寺《ぼだいじ》の寛永寺《かんえいじ》の境内で、飲酒はむろん歌舞音曲は禁じられ、日の入りの暮れ六ツの鐘と同時に山同心が出てきて諸人を追い払い、黒門をはじめすべての山門を閉じてしまい、夜桜見物もできない。

「これじゃいかん」

幕政の頂点に立っても、幼時のころから佳奈を引き連れ町々や村々を駈けめぐっていた、源六こと吉宗ならではの気のつくところである。

「四民（士農工商）別なく諸人に遊興の地を」

目安箱に声があり、道灌山《どうかんやま》、飛鳥山《あすかやま》、御殿山《ごてんやま》、隅田堤《すみだつつみ》などに桜の木が植えられ、やがて花見の名所となり、中野《なかの》や広尾《ひろお》には桃が植えられ、多くの庶民が新春から行楽の場を得るところとなった。

そのほか財政や開拓、法整備、学問の奨励、薩摩芋や薬草学の普及など、吉宗の政道の成果は枚挙にいとまなく、これが世にいう〝享保の改革〟である。

また武芸を奨励し、幕臣の軍事演習を兼ね、よく鷹狩《たかが》りをおこなった。

そうした吉宗の治世が七年、八年とつづくなかに、諸人は〝生類憐みの令〟の五代綱吉将軍を〝犬公方《いぬくぼう》〟と呼んで揶揄《やゆ》していたのに対し、当代の吉宗将軍は〝鷹将軍〟

と称《よ》んでいた。

やはり庶民の日常の話題は鷹や財政、学術よりも身近な遊興である。

霧生院では往診はすべて佳奈の役目となり、冴は老いて薬湯や粉薬の調合がもっぱらとなっていた。それでも患家が減らないどころか、遠方からも来るのはやはり佳奈が一林斎の技量を受け継ぎ、さらに磨きをかけているからであろう。家事には通いの女中が三人も来て、留左は大喜びだった。

そうした霧生院の待合部屋で話しているのが、療治部屋にも聞こえていた。春先である。

「桜に大川の舟遊びとくりゃあ、こいつは最高だぜ」

「そりゃあそうだけど、屋根船などお大尽のお遊びさね」

「なに言ってやがる婆さん、知らねえのかい。乗り合いの伝馬船《てんません》で漕ぎ出しゃあ、両岸は桜並木のお出迎えよ。そういう所じゃ沢庵《たくあん》でも卵焼きにならあ」

「ほうほう。それも公方さまのおかげさね。昔はそんなのなかったなあ。おめえら若《わけ》え者《もん》は、千代田《ちよだ》のお城に足向けて寝ちゃなんねえぞ」

患者たちは、霧生院が元紀州藩の薬込役で、吉宗とも因縁があることを知って言っているのではない。

療治部屋でそうした声が聞かれるたびに、冴と佳奈は顔を見合わせ、満足げに笑みを交わしていた。吉宗がもし、綱吉のような犬公方だったなら、冴は世のため人のため、一林斎が佳奈に必殺の埋め鍼を伝承していなかったことを残念がり、佳奈もまた苦痛のなかに、これもまた必殺の安楽膏《あんらくこう》を調合し、なんらかのかたちで吉宗に接近する手段を講じたかもしれない。

戦国の甲賀《こうが》からの秘伝で、霧生院だけでなく薬込役そのものが受け継ぎ、佳奈も上杉の伏嗅組《ふしかぎぐみ》と戦っていたころ、みずから調合した安楽膏をふところにしていた。手裏剣や矢、飛苦無の尖端に塗り、ひとたび対手の体内に打ち込めば、数呼吸のあいだに毒が体内にまわり、筋肉を弛緩《しかん》させその者の動きを封じ、やがて苦痛をともなわず死に至らしめるという恐ろしい猛毒である。

柳営の締戸番となった薬込役は、組織を拡充しながらすでに公儀御庭番となっていたが、そこでもこの秘伝は受け継がれているはずである。

霧生院では吉宗が紀州藩の五代藩主となって以来、この安楽膏は調合しておらず、つくり置きもない。だが、ひとたびその気になれば、冴も佳奈も数日で薬剤を集め、昔どおりのものを調合するだろう。

だが吉宗の現実は、世間から鷹将軍と称ばれ、冴も佳奈も秘かに安堵し、誇らしく思えるものであった。

四

そうした月日の経るなかに、享保十三年（一七二八）夏のころだった。驚天動地の事態が霧生院にもたらされた。佳奈は四十三歳となり、冴は七十一歳ととっくに老境に入り、吉宗は四十五歳とますます意気軒高であった。

佳奈はすでに四十路《よそじ》を越えたとはいえ、その容貌はかつてを偲ばせ、立ち居ふるまいにも若さがみられ、

「三十路《みそじ》は過ぎました」

と言ってもおかしくはなく、留左には眩《まぶ》しく感じられていた。

ひと雨夕立があり、いくらか涼しさが戻った午過《ひるす》ぎだった。

「こりゃあ地面がやわらかくなって、根っ子から引きやすくなったわい」

と、留左が薬草畑に入ろうとしたときだった。留左もすでに還暦に近いが、まだ意気だけは軒高だった。

「おぉお、ロクさんじゃねえですかい」

長い額《ひたい》がさらに禿《は》げ上がったロクジュに、さすがに〝ロク兄イ〟とは呼べない。冠木門に、以前と変わらぬ職人姿で入って来たのはロクジュだった。老《ふ》ければかえっていずれかの棟梁《とうりよう》のように見えるのは、さすが本体は武士である締戸番あらため御庭番の中核である。

「まあ、ロクジュさん。お久しい」

と、明かり取りの障子を開け放している療治部屋から、佳奈は縁側に出た。夕立で患者の足が途絶えているのがさいわいだった。このあとも地面はぬかるんでおり、きょうはもう急患以外に患者は来ないかもしれない。

ロクジュは女中の用意した水桶で足を洗いながら、

「ほんにお久しぶりでございます。しばらく上方《かみがた》に行っておりましてなあ」

「上方？　それはまたご苦労なことで」

冴が療治部屋の奥で座ったまま返した。実際に老いた身に東海道の上り下りは楽ではない。足達者だったイダテンやハシリが生きていたとしても、年齢を考えればきついだろう。日坂決戦からすでに二十五年も経ているのだ。

乾いた雑巾で足を拭きながら、ロクジュはさらに言った。

「こたびばかりは、われらでのうては務まらぬ役務が、出来《しゆつたい》いたしましてなあ」

「えっ」

佳奈が小さく声を上げ、座は療治部屋の中に移された。

「お人払いを」

ロクジュがそっと言ったのへ、部屋にはあらためて緊張が走り、お茶の盆を運んで来た女中が、

「しばらく」

と、遠ざけられた。吉宗のようすを知らせるためだけに来たのではないようだ。

腰高障子は開けたままだが、このほうが自然に見え、留左もロクジュの素性を知っており、安心して話ができる。もちろん療治部屋の話は、大きな声を出さない限り薬草畑までは聞こえない。

「して、〝われら〟とは？」

冴が問いを入れた。三人は湯飲みを載せた盆をはさみ、鼎座《ていざ》になっている。

「トビタでござる。わしもトビタも、元薬込役江戸潜みでしたゆえ」

「え？」

冴もかすかな声を上げ、佳奈がロクジュを見つめた。ロクジュもトビタも霧生院に来たときには、あくまでかつて上役であった一林斎の妻女と娘として接しているた

め、冴も佳奈も気楽に話ができた。

だが、かつての江戸潜みが出たことで、部屋の緊張は増した。

京か大坂に潜んでいる御庭番から知らせがあったようだ。

「符号文字は、われら薬込役のものを、そのまま使っておりまする」

ロクジュは言う。

ならば、冴と佳奈にも読める。

「それにより、大番頭の小泉さまからわれら二人が命じられましたのじゃ。わしとトビタでござる。上方に出張《でば》りまして、和歌山の城下潜みのヤクシとも合力し、紀州から摂津《せっつ》、京と広く探索しましたじゃ」

薬込役が公儀の締戸番となり、さらに御庭番となったころは、三人とも体力的に各地に走るのがきつくなり、願い出てそのまま組頭として潜みをつづけ、それぞれに三人から五人の若い御庭番を使嗾《しそう》していた。

その三人が、配下を率いて合力した。

「して、なにを探索しましたのじゃ」

佳奈が問いを入れた。百姓一揆や町場の打ち壊しなら、小泉がわざわざ老いたかつての薬込役を召集するはずがない。

佳奈の心ノ臓が高鳴りはじめた。冴もおなじだった。かつて懸念したことが、実際に起こったのかもしれない。二人のロクジュを見つめる目は、

(さきを早う)

催促していた。

ロクジュはひと息つぎ、おもむろに言った。

「出ましたのじゃ、御落胤《ごらくいん》が」

「なんと!」

冴と佳奈は同時に声を上げ絶句の態《てい》となり、

「光貞公の!?」

「まさか、源六の兄《あに》さんの?」

二人が問いを入れたのもほとんど同時だった。

「これをご覧くだされ。京潜みの御庭番からの文《ふみ》でござる。冴さまと佳奈さまにお見せするのも、小泉さまがさように、と」

小さな紙片を冴は受け取った。佳奈も首を伸ばし、冴の手元に見入った。短い文面だったが、懐かしい符号文字が走っている。

——近ごろ京地に江戸の公方さまの御落胤を名乗る修験者らしき者あり。真偽定《しんぎさだ》か

ならず。探索の要、ありやなしや

源六こと吉宗の血脈を名乗っているという。その第一報で、詳しく探索すべきか捨て置くべきかの伺《うかが》いを立てているのだ。

「して、これをいかように」

「小泉さまが加納久通さま、有馬氏倫さまと秘かに談合なされ、わしとトビタにご下命され」

「上方に行け、と？」

「はい」

「それで、和歌山のヤクシさんも動員されたか」

「さようにございます。それぞれ配下をともない」

冴の問いにロクジュは応えた。

なるほど、新たな御庭番では吉宗の御落胤といわれても、まるで雲をつかむような話で、効果的な探索もできないだろう。やはりこれには、佳奈の隠れた血脈の経緯をおぼろげながらも知る、かつての一林斎配下の江戸潜みが最適であろう。なにが飛び出てきても、その脈絡を容易に掌握できよう。

「して、いかなることを探索してまいられた」

佳奈がひと膝まえにすり出た。

「確かにうわさは京、大坂で秘かに広まり、すでに身辺を整える資金を出す商人や仕官を求める浪人者が集まり始めているとか」

「なんと罪つくりな！」

佳奈はふたたび絶句の態となり、

「で、その者はいかような者ですか。真偽のほどは⁉」

問い詰める口調になった。

話すロクジュも喉が渇くのか、おもむろにお茶で喉を湿らせ、

「われら三人が配下を使嗾し集めたうわさをつなぎ合わせれば、生まれは吉宗公を父君に紀州田辺《たなべ》で、幼名を半之助《はんのすけ》というそうでして、奈良吉野山《よしのやま》の金峯山寺《きんぷせんじ》に帰依《きえ》し修験道に入って天一坊改行《てんいちぼうかいぎょう》と名乗り、近ごろ下山して吉宗公の御落胤を自称しはじめたとか。よってその周辺には修験者が多いとか」

「なんと、出は田辺で幼名は半之助とな！」

冴は心当たりがあるのか驚いたような口調になり、

「で、当人にお会いなされたか」

と、ますます福禄寿に似てきたロクジュの顔をのぞき込んだ。

ロクジュは応えた。

「はい、さように試《こころ》みました。なれど現在の所在はつかめず、よってまだその風貌は確認しておりませぬ。したが、歳のころなら三十路《みそじ》前後にて、なかなかの偉丈夫なりと聞き込んでおります」

このとき冴は自然に、七十一歳ながら気分は江戸潜みの組頭として小泉忠介以下数名を差配する霧生院一林斎になり、ロクジュもその配下になり切っていた。

脇に置かれたかたちになった佳奈が、

「三十路？」

小さくつぶやき、源六こと吉宗の歳から逆算し、

「なんと兄さんが十五、六のときではありませぬか」

佳奈もそのころの歳なら顔を赤らめ戸惑った表情になるだろうが、いまは四十三歳である。

「なんとも」

と、あきれた表情になった。

「そうなりますねえ」

冴は引き取るように言い、話をつづけた。

「で、そなたがきょう霧生院《ここ》に参られたは、小泉さまらお三方の差配と思いますが、加納さまも有馬さまも、いかなる存念でしょう」

「そのことにございます」

ロクジュは上体を前にかたむけて声を低め、開け放された障子から庭に視線を投げた。日よけの笠をかぶった留左が手足を泥にまみれさせ、草引きをしている。

冴も佳奈もちらと庭に視線を向けたが、すぐロクジュに戻した。

いま三人の脳裡にながれているのは、天一坊改行なる修験者が仮に三十路なら、生まれは元禄《げんろく》十二年（一六九九）となり、源六が松平頼方《よりかた》となって綱吉将軍から丹生郡葛野藩三万石を賜《たまわ》り、領地には行かず紀州和歌山城に入り、不羈奔放に暮らしていた時代になるということである。歳も、佳奈があきれたように十六歳だ。

そこに思われるのは、

（あり得ること）

である。

幼名が半之助というのも三人には気になる。

生まれ在所が、田辺というのも引っかかる。

さらに冴の胸中には、

（父上が城下の組屋敷で、まだ健在で在《おわ》したころ）

と、それが同時にながれていた。冴の父上とは、大番頭として薬込役を長年差配した児島竜大夫《たつたゆう》である。竜大夫は、江戸の一林斎と冴に源六こと頼方の行状を、符号文字で知らせていた。

――奔放の度が過ぎ、常に自儘《じまま》に城下へ出られ、われら警備に苦慮いたし……

ときおり薬込役の視界から消えることもあったようだ。

城下に出たときには身分を隠し、偉丈夫で村娘にようもてたとの文面もあり、一林斎と顔を見合わせ、思わず吹き出したのを冴は覚えている。

（思えばそのとき……）

なのだ。

ロクジュはつづけた。

「ことの真偽を探索するに、最も確実な方途は……」

「方途は？」

ロクジュが言いにくそうに口ごもったのへ、冴はさきを催促した。

「はい。畏《おそ》れ多いことながら、上様に身に覚えのありやなしや……質《ただ》すのが一番ではあるまいか、と」

「ふむ」

冴はうなずき、さらにロクジュはつづけた。

「なれど、こればかりは、小泉さまはむろん、加納さまにも有馬さまにも、いかに側近といえど臣下の身では……」

「おほほほ、できますまい」

七十一歳の貫禄か、冴は口に手をあて笑ったがすぐ真顔になり、

「それで？」

ロクジュを見つめた。冴には、ロクジュの言おうとしていることはすでに分かり、それが小泉、加納、有馬たちの合意のものであることも解した。

「はっ。その儀につきまして……」

ロクジュは視線を佳奈にそそいだ。

「佳奈……」

冴も、諾意《だくい》をうながす目を佳奈に向けた。

佳奈とて、その意味を解している。

「わたくしが源六の兄《あに》さまに直接？　機会はいかように」

「はっ、それにつきましては、佳奈さまのご承知をいただければ、加納さまと有馬さ

まが早急《さっきゅう》に手立てを……」

「よしなに、お願いいたしまする」

「はーっ」

冴が言ったのへ、ロクジュは胡坐居のまま両手を下についた。いまロクジュの前にいる佳奈は、かつての上役のお嬢ではなく、吉宗公の妹君であった。

ロクジュの動作は固くなり、

「新たな知らせは、トビタがいまも上方で探索をつづけおりますれば、おっつけ届きましょうほどに」

言うと腰を上げ、縁側から雪駄をふところにし、ぬかるんでいる庭に裸足《はだし》で踏み出した。

「おっ、ロクさん。もうお帰りかい」

「ああ、積もる話もあまりないでなあ」

留左にロクジュは返し、冠木門を出るときふり返り、ぴょこりと頭を下げた。

五

「どうやら、あってはならぬことが、あったようですねえ」

「まだ、分かりませぬ」

冴が言ったのへ、佳奈は返した。

夕刻近く、女中も留左も帰り、冠木門も閉め、霧生院には冴と佳奈の二人のみとなった。

居間で茶を飲みながら、二人は話している。

間違いであって欲しい。だが、元江戸潜みの探索の確実なことは、冴や佳奈のよく知るところである。

ならば、その天一坊なる修験者が、

(騙《かた》りであって欲しい)

願わずにはいられない。

だが、ロクジュの話から、

(本物であるかもしれない)

条件がそろいすぎているのだ。

源六が松平頼方になるあいだで、新之助《しんのすけ》と名乗っていた一時期がある。ならば和歌山にあって城下へお忍びで出かけていたとき、〝新之助〟を名乗っていても不思議はない。そこへ生まれた子に、母親は半之助と名付けた……。不自然ではない。

それに生まれ在所という紀州田辺は紀伊半島の南端にあり、三万八千石の大名領のかたちを取り、紀州徳川家五十五万五千石の領地と隣接している。

〝かたちを取り〟というのは、家康《いえやす》十男の頼宣《よりのぶ》が初代紀州徳川家藩主として紀州入りしたとき、家康から安藤《あんどう》家が付家老として付けられ、田辺に三万八千石が与えられたからだ。このため安藤家は紀州徳川家の家臣だが一藩のかたちを取り、紀州家の薬込役が田辺に入ることはなかった。

新之助を名乗る源六こと頼方が城下に出たとき、児島竜大夫配下の城下潜みが常に源六の行動を掌握していたわけではない。馬の遠乗りで田辺に入ったことも考えられる。その間、城下潜みはあきらかに源六を見失っていたことになる。

さらに和歌山城内にも江戸藩邸と同様、安宮照子配下の腰元はいた。そこに籠絡《ろうらく》され敵側に寝返った者が組屋敷にいないか……。むしろそれの探索に、竜大夫は腐心していた。実際に、源六と佳奈の生母である由利に、安楽膏を塗った手裏剣を打ち込ん

だのは、寝返りの薬込役だったのだ。寝返りのなかの一人がその場から逃走し、竜大夫は抜忍《ぬけにん》としてそやつの行方を追ったが、

――見つからぬ

竜大夫は、佳奈を連れて江戸に潜んだ一林斎と冴に知らせた。佳奈の歳である足かけ四十三年も前の話である。

「暗《くろ》うなってまいりました」

佳奈が行灯に火を入れた。

冴は話をつづけた。

「そなたが源六君に会うのは、おそらく増上寺か寛永寺になりましょう。城内では常に太刀持ちの小姓がつき従い、かかる話はできますまいゆえ。城外へは加納さまと有馬さまがうまく計らい、段取りをつけてくださいましょう」

「母上は来てくれないのですか」

「わたしが行ってどうなります。ともかくそのときは兄妹として、慥《しか》と源六君に問い質《ただ》すのです」

「源六の兄《あに》さま、いつぞやのように、ここへ来ればよろしいのに」

「あのとき源六君は紀州藩主、いまは上様。できぬことです。将軍家菩提寺の増上寺

や寛永寺に出向くだけでも、幾百人もの供がぞろぞろとつき、大変な準備が必要でしょう。きっと加納さまも有馬さまも、苦労なされましょう」

「ほんにさような生活《たつき》、兄さまが憐れでなりませぬ。それよりも、ロクジュさんはトビタさんがまだ上方で探索をつづけていると言っていましたが」

「気になります。どのような報告が届くのか」

冴と佳奈は、これまでにない大きなため息を漏らした。

その日、行灯の火を吹き消してから、冴はそっと言った。

「一生にあと一度、修羅の場を迎えるかもしれませぬ。ふたたび手裏剣と飛苦無《とびくない》の修練を」

「はい」

佳奈は低く応えた。

それは始まった。さすがに佳奈か、すぐにかつての感覚を取り戻した。

おもてでは、いつもと変わりのない忙しい日々がつづくなか、待っていたものがもたらされた。まだ夏の内だった。柳営では、加納久通と有馬氏倫が着々と、吉宗が佳奈と会う日の準備を進めている。

陽が落ち、あたりが闇に包まれ、佳奈が夜着に着替えるまえ、内側から玄関と雨戸の戸締りを確認したときだった。

庭から雨戸に向かって、

「佳奈どの、佳奈どの」

声が聞こえた。内から閉じられた冠木門の潜り戸を外から開けるのなど、構造を知っているロクジュには朝飯前のことだ。

「ロクジュさん?」

手燭《てしょく》を持ったまま、佳奈は応え、雨戸を開けた。影は二つ、もう一人はなんと小泉忠介だった。このような時分に大番頭まで一緒に来るとは、

(かなりの大事)

居間で気配を察した冴が、手燭を手に療治部屋に出てきた。

療治部屋に手燭だけでなく行灯の灯りが入り、四人がそろった。

「トビタさんから、文《ふみ》がありましたか」

「ありました。これです」

冴の問いに小泉が応じ、ふところから書状を取り出した。

冴がうなずき、佳奈が開こうとした。

不意に小泉が言った。

「お待ちくだされ。きょう夕刻、それがしの役宅に届いたもので、まだ加納さまにも有馬さまにも見せておりませぬ。そのおつもりで」

元薬込役同士で、事態を見極めたいとの意思表示だ。事態の起こりは、薬込役が機能していたときなのだ。むろん、御落胤が本物だった場合である。

「分かりました」

いっそう緊張の高まるなかに冴が返し、佳奈が行灯を引き寄せ、冴と一緒に目を通しはじめた。やはり、符号文字の短い文面だった。

「なんと！」

声を上げたのは冴だった。

トビタとヤクシの探索はかなり進んでいた。

天一坊なる修験者の所在は、京とも大坂ともまだつかめないが、どちらにも現われているようだ。それに供の者は修験者、浪人、商人など五十人を下らないらしい。商人というのは、もちろん行商人もいるが、

――鴻池《こうのいけ》や淀屋《よどや》、天満屋《てんまや》など名だたる商家から遣《つか》わされた手代格もおり、浪人のなかには、いずれかの大名家より遣わされた武士も混在している模様

なるほど、当たれば大きい。だが正面切って肩入れするのは危険がともなう。身分を隠している商家や大名家の者が混じっているということは、いずれもようす見をしているのだろう。

冴が声を上げたのは、そこではない。一攫《いっかく》千金や将来の栄達を夢見る者が、機会さえあればと賭《かけ》に出るのは世の常である。〝天一坊〟はその対象なのだ。

天一坊の軍師として常楽院《じょうらくいん》なる老修験者がつき、その者は吉野山金峯山寺《きんぷせんじ》の阿闍梨《あじゃり》で、天一坊の周辺に集まっている者は〝阿闍梨さま〟と称《よ》んでいるという。

阿闍梨とは長い修行を積み、諸戒律を守り、弟子たちの規範となり、法を教授する高僧のことである。将軍家の御落胤を名乗る若い修験者に阿闍梨がつけば、神秘性が生まれ信憑性も高まって来よう。

もし、常楽院なる阿闍梨に俗界での野心があったなら、天一坊なる若い修験者が金峯山寺で自身の身を将軍家の御落胤と洩らし、その背景にそれらしきものがあれば……その気になっても不思議はない。

冴が驚いたのは、まだそこではない。声を上げ、さらに七十一歳の背筋にゾッとしたものを走らせたのは、常楽院の修験道に入る前の俗名である。

——赤川大膳《あかがわだいぜん》

と、符号文字は記していた。

和歌山で城下潜みをつづけていたヤクシが探索に加わったから、そこまで調べられたのだろう。ヤクシは田辺に出向き、そこから金峯山寺に入りその名を聞き出したのだろう。だが、名を聞き出しただけで、ヤクシはそれが何者であるか気がついていない。気がついておれば、ヤクシかトビタが急ぎ江戸に戻るはずだ。いま〝赤川大膳〟の名を知る者は、この世では冴一人であり、佳奈にもその名は話していない。

「加納さま、ロクジュさん、それに佳奈も、心してお聞きなされ」

行灯の薄明かりと静寂のなかに、冴はさらに声を低めた。

四十二年前、児島竜大夫は薬込役のなかの裏切り者をすべて成敗した。そのとき、〝見つからぬ〟と一林斎と冴に知らせた名こそ、この赤川大膳《げじ》だったのだ。その後、大膳の名は薬込役の控え帳より抹殺された。当時、竜大夫の下知で大膳探索に走った者はすでに、この世にはいない。小泉忠介もロクジュ、トビタ、ヤクシもまだ若く、探索組の者ではなかった。薬込役は自身の役務を、身内であっても決して洩らすものではない。

大膳はそのとき、まだ二十歳になったばかりの、技量の優れた薬込役だった。生きておれば六十三、四歳で〝老修験者〟というのも辻褄《つじつま》が合う。

「そうですか。大膳は、吉野の金峯山寺に逃げ込んでいたのですか」

冴は、回想するように言った。

「冴さま」

小泉が冴に視線を向けた。

「このこと、加納さまと有馬さまには、いかようにしましょうや」

「これはあくまで、わたくしたち旧薬込役の問題です。将軍家の御庭番に瑕《きず》がつかぬよう、われら四人のみの胸に収め、あの世まで持って行きましょう」

「承知」

小泉とロクジュは返事を声に出し、佳奈は無言のうなずきを見せた。

冴はつづけた。

「なれど、トビタさんとヤクシさんには、向後の探索もありましょうゆえ、その旨《むね》を含んだうえ、知らせておいてください」

小泉は肯是《こうぜ》のうなずきを示した。この瞬間に、冴は一林斎の役務を引き継ぎ、六人だけの秘めた薬込役の組頭となった。

あとは、佳奈が加納久通と有馬氏倫の段取りで源六こと吉宗に会い、身に覚えのありやなしやを質すばかりとなった。

その翌日のことである。江戸城本丸御殿の中奥で吉宗は、

「佳奈さまがお望みのことにて」

久通からそっと耳元にささやかれ、

「ふむ、さようか。よし、さっそくじゃ。さように計らえ」

と、大喜びの態になった。改革を進める多忙な日々のなかにも、佳奈のことは片時も忘れていなかったのだ。

しかし吉宗の耳には、上方で御落胤を名乗る者が現われたことは、まだ入れられていなかった。

六

将軍が下命すれば、実現は早い。

まだ蟬《せみ》の鳴いている、暑さの残る日の午前だった。

「寛永寺なら歩いてもすぐではないか」

言いながら吉宗は六枚肩の権門駕籠に乗り、江戸城を出立《しゅったつ》した。供は五十人ばかりと小規模に抑えられ、加納久通が騎馬で随った。

城内では、

「いったい、きょうの法要はなんのため？」

老中をはじめ幕閣たちは首をかしげ、吉宗が小倉織の袴に木綿の羽織だったのには、

「鷹狩りでもなさそうだし」

と、さらに首をひねった。

佳奈と会うのに、絹の着物で煌《きら》びやかな扮《こしら》えでは、かえって冷やかされるだろう。

馬上の久通も、粗衣に陣笠を着けている。

残った有馬氏倫が老中たちから訊かれたが、

「きょうは、気晴らしでござろう」

応えたものである。吉宗の行状であれば、それで幕閣たちは納得した。

寛永寺では早朝から境内に多くの黒っぽい筒袖《つつそで》と絞り袴に、笠で顔を隠した二本差が随所に屯《たむろ》し、緊迫した雰囲気をつくっている。小泉忠介配下の御庭番たちだ。

そこに木綿の着物に地味な帯で、どう見ても町場のご新造《しんぞ》さんといった女に、武家の若い腰元と薬籠《やくろう》を小脇に抱えた中間《ちゅうげん》が随い、悠然と歩を進めていた。ほかに参詣人はおらず、このほうが静寂と緊迫のなかで異様に見える。むろん、ご新造さん風は

佳奈だ。

けさがた、留左と女中たちが出てきてすぐだった。霧生院に武家の腰元と中間が佳奈を迎えに来た。

留左たちが、

「――えっ、お武家?」

驚いたのへ冴が、

「――ええ。ちょいときのう、知り合いのお武家に往診を頼まれましてねえ。佳奈が行くことになって」

「――午前《ひるまえ》には帰って来ますよう」

佳奈は引き取り、腰元、中間と一緒に徒歩で冠木門を出た。薬籠を持ったのはこのためだ。留左も女中たちも安心した。大名家の迎えなら権門の女乗物が用意され、供が腰元と中間が二人だけということなどあり得ない。

腰元と中間は、小泉忠介の手配だった。冠木門を入ったときから、佳奈も冴もそれは看《み》て取った。二人とも身のこなしが、ただの奉公人ではないのだ。

その二人の案内で佳奈は本殿ではなく庫裡《くり》に向かった。かつて増上寺で吉良上野介と会ったときも庫裡だった。

玄関では一足さきに来た久通が、供の者も寺僧も遠ざけ、一人で待っていた。寺僧たちはおそらく、

(この女性《にょしょう》、何者?)

思ったことだろう。だが、面談の相手が将軍家であれば、おいそれと訊くこともできない。

玄関の式台で、久通は佳奈にそっと耳打ちした。

「天一坊なる者の件、上様はまだご存じないゆえ」

「えっ」

佳奈は瞬時驚いたが、すぐにうなずいた。久通も氏倫も、すべてを佳奈に任せたのだ。そのほうが、

(質《ただ》しやすいはずだ)

佳奈は思ったのだった。

久通は申しわけなさそうに、

「ならば、ささ、奥へ」

案内した。

途中、一人の寺僧とも会わなかった。久通がそのように図ったのだろう。

「この部屋でござる」

奥の襖《ふすま》の前で久通は言い、あとは佳奈一人となった。

廊下に膝をつき、襖を開けた。

お供の控えの間だが無人である。

つぎの部屋の襖に向かい、膝を折ろうとしたとき、吉宗が気配を察したか、

「おぉう、佳奈か」

聞こえた声に佳奈は思わず動きをとめ、

「はい」

いきなり襖が勢いよく開いた。

「わあっ」

「おぉ！」

まるで出会いがしらのようだった。二人は立ったまま向かい合っていた。

「ふむ。元気そうじゃ。よかった、よかった」

「兄《あに》さんこそ、お元気のようで」

「ふーむ、幾年ぶりかのう。わしが神田の霧生院を訪ね」

「兄さんがまだ将軍さんになる前でした」

「そうそう、十二、三年になる。久しいのう」

「はい」

と、のっけから二人の息は合っている。

「さあ、ともかく中で座ろう」

「はい」

と、源六こと吉宗は明かり取りの障子を開け、磨き抜かれた縁側に足を投げ出し柱にもたれて座った。佳奈はそのそばで畳に端座になった。くつろいだ雰囲気だ。庭に人影はない。部屋にはうやうやしく厚い座布団と脇息《きょうそく》が向かい合わせに置かれているが、二人にはそのような物は邪魔でしかない。

「まっこと、自分で障子や襖を開けるのは十数年ぶりじゃ。それができるのも、きょうそなたが来てくれたからじゃ」

「えぇえ。殿中じゃ兄さん、そんな窮屈な毎日を!?」

「そうじゃ、堅苦しい。はじめはそなたを殿中に呼ぼうと思うたが、かえって酷なような気がしてなあ。ともかくそなたが市井で毎日、土地《ところ》の住人のため尽くしておるのは、いつも久通や氏倫から聞いておる。直接、小泉から聞くこともある。いや、重《ちょう》畳《じょう》、重畳」

「兄さんのお元気なことは、お江戸の町を見れば分かりまする。ことしの春は、御殿山に行って参りました。桜がいっぱい咲いていて」

「おぉ、行ったか。できればそなたと昔のように、駈けめぐりたいものじゃ……」

「駈けめぐるといえば、兄さん……」

しばらく互いの元気を語り合ったあと、佳奈はじろりと源六こと吉宗を睨《にら》み、おもむろに切り出した。

「なんじゃ、わしの顔がどうかしたか」

「うふふ、いまのお顔ではありませぬ。兄さんは以前、新之助と名乗っていたころがありましたなあ」

「おぉ、あった。あれは葛野藩三万石のころじゃった」

「せっかく賜りましたご領地なのに、一度もお国入りをなさらず、ずっと和歌山に在《おわ》して……」

佳奈の口調は皮肉をこめたものとなった。

そこに吉宗はまだ気づいていない。

「おぉ、そうじゃった。したが、まだ十代のころじゃ。大名暮らしなどまっぴらと思い、藩は久通に任せっきりにしてしもうた。いい家来を持ったものじゃ。それでわしはお国入りをしたふりをして紀州へ……。ん？　そなた、よう知っておるのう」

「うふふ。兄さんの周囲に、常に薬込役の目がありましたろう。聞いておりますぞ。新之助を名乗った兄さんは、町娘にも村娘にもようもてたとか」

「これ、なにを言う、兄に向かって」

と、このときもまだ吉宗は、佳奈が冗談を言っていると思った。

だが佳奈は真顔になり、

「妹だから言うのです。お聞きくだされ。いかに薬込役の城下潜みといえ、兄さんを見失うこともありました由《よし》。そのとき、ふとしたことがありませなんだか」

「ふとしたこと？　そなた、なにを言おうとしておる」

ようやく冗談ではないと気づいたか、吉宗は縁側に投げ出していた足を胡坐居に組み、背も柱から離し体ごと佳奈のほうへ向きなおった。

佳奈はつづけた。だが、なにぶん吉宗の十六歳のときの、濃厚な女関係の有無について質そうというのだ。互いに四十路を越えているいまでも、口にするのには照れくさいものがある。

「ほれ、老いても盛んな父上が、われらの母者人《ははじゃびと》を見初め、それで源六の兄さんが生まれ、さらにわたくしが生まれた」

「ふむ」

吉宗は真顔で肯是のうなずきを返した。

佳奈の言葉はさらにつづいた。

そこには佳奈の、

（血脈の罪が……）

と、来し方《こかた》からくる、使命感のようなものがあった。

「老いて盛んな父上とは逆の、あのころの奔放さの……」

「若さゆえの……か」

吉宗は佳奈と視線を合わせた。

「いかがか」

「ふむ」

問う佳奈の視線に吉宗はかすかにうなずき、視線を庭に向けた。万緑の中庭に人影はない。

佳奈に視線を戻し、つぶやくように言った。

「もし、あれば……それが……」

どうした、とつづけたそうな表情だった。

その視線を佳奈は逃がさず、

「出ましたぞ、御落胤を名乗る者が」

「なんだって！」

瞬間、吉宗はさらに背を柱から離し、驚愕の態《てい》となって佳奈を見つめた。

「出たのです。天一坊改行と名乗る修験者にて、歳のころは三十……」

吉宗は瞬時に逆算し、おのれの十六歳のとき……。

「うっ」

うめき声を上げた。果たして、覚えがあるようだ。

「その者は、幼名を半之助といったそうな」

「えっ？」

佳奈が続けたのへ吉宗は小さく声を洩らし、一呼吸か二呼吸ほどの沈黙を置き、

「なにゆえ……それを……」

吉宗は佳奈から目をそらせていない。

「ふふふ。わたくしは薬込役のくノ一でしたぞ、一林斎の娘として」

「うむ」

うなずいた吉宗に、小泉忠介の差配でロクジュ、トビタ、ヤクシが配下を率いてすでに探索に入っていることを、佳奈は話した。それらはいずれも一林斎の配下だったのだ。佳奈と冴がその探索結果を、耳にしても不思議はない。

話のなかに、佳奈はたくみに赤川大膳の存在を伏せた。この件はあくまでも、元薬込役のあいだだけで、墓場まで持って行く算段なのだ。

さらに佳奈は、報告が加納久通と有馬氏倫にも行っていることを話した。

「ううううっ」

吉宗は唸《うな》り、ようやく久通と氏倫がきょうの日を設定した意味を解した。

その表情に、怒りの色はなかった。それよりもむしろ、

「聞いてくれるか、佳奈」

「はい、兄さん」

佳奈の明るい返事に、吉宗は話しはじめた。自身の身が将軍位にあり、ことの重大さを嚙《か》みしめているようだ。隠してはならない。話さねばならないのだ。

七

まさしく十六歳のときだった。確かに新之助と名乗っていた。和歌山城内に住む源六は、不羈奔放なうえに性格も心底《しんそこ》から天衣無縫《てんいむほう》だった。その心境は、五十五万五千石の若君でもなければ、三万石の大名でもない、一人の多感な若者だった。

そのような源六にとって、もっともこのとき新之助を名乗り、正式な名は松平頼方だったが、城内にいては腰元たちがかしずき、城外に出れば家臣たちが随い、どこに行こうとも薬込役たちの目が光っている生活《たつき》は、我慢のならないものだった。そうした悩みなど贅沢《ぜいたく》といえばそれまでだが、それが源六の持って生まれた避けられない境遇であり、血脈ゆえの運命《さだめ》だった。それだからまた、光貞正室の安宮照子から命を狙《ねら》われてもいたのだ。このころ安宮照子は、江戸藩邸の奥御殿でまだ健在だった。

夏の日だった。裏手の城門を出たところに扇形に広がる扇《おうぎ》ノ芝《しば》と呼ばれている馬場に、質素な乗馬袴で出た。源六の乗る馬は家臣たちとおなじで、なんの飾りもなかった。もちろん、源六がそう望んだのだ。

家臣に混じって馬の手綱を取る。家臣たちは源六の顔を知っているが、いつも馬場で見かけるので、とくに気にすることはなかった。このとき源六は城中と違い、解放感が味わえた。

家臣たちが気がつくと、扇ノ芝に源六の姿がない。

（――城内に戻られたか）

家臣らは思っただけで、さして気にはしなかった。不意に現われ、不意にいなくなるのはいつものことなのだ。

雨が降ってきた。乗馬修練の家臣たちは城内に引き揚げた。

このときようやく騒ぎになった。扇ノ芝に源六の姿が消えてから、すでにかなりの時間を経ている。

松平頼方さまのお姿が、どこにも見当たらない。扇ノ芝に行っているものと思っていた腰元たちは慌てた。城内のどこにもいない。

それは児島竜大夫の差配する城下の薬込役組屋敷にも伝わり、スワと薬込役たちが急に降り出した雨の中、城下へくり出した。城内に安宮照子の息がかかった腰元がおり、城下には照子の要請を受けた、京の陰陽師配下の式神たちが潜んでいるかもしれない。それらは連携しているだろう。さらに、竜大夫は目を光らせているが、源六と佳奈の生母由利《ゆり》が殺されたときのように、照子の手の腰元に籠絡された者が薬込役組屋敷にいたらどうなる。あのとき逃亡した赤川大膳の行方は、まだ分かっていないのだ。

激しくなる雨の中を、竜大夫配下の薬込役たちは走った。城下のどこにも、源六こと松平頼方の姿はなかった。

乗馬のまま、源六はさりげなく扇ノ芝を出ていた。気がつく者はおらず、城下で領民と出会っても、地味な木綿の筒袖と乗馬袴に単なる馬では、それが藩の若君で三万石の大名だなどと気づく者はいない。道の脇に寄るだけで、軽く会釈する者がときおりいる程度だ。

紀《き》ノ川に出た。川原に乗り入れ、浅瀬を対岸に渡った。土手道がある。人影はない。疾駆《しっく》した。気分は爽快である。

川上に行くとやがて土手道はなくなったが、杣道《そまみち》を見つけ入った。川から離れ、水音も聞こえなくなった。

「――はて、この道は?」

と、かなりの山間《やまあい》で、源六には初めての土地だった。

樹々は左右から迫り足場も不安定となり、乗馬のままでは進めなくなり、

(――引き返すか)

思ったのと同時だった。

「――いかん」

降り出したのだ。

足場の悪い岩場で馬から下りようとし、源六が均衡を崩したか馬が足をすべらしたのか、

「――うわわっ」

岩場に落ち、肩をしたたかに打った。

痛む。骨折なら大事《おおごと》だ。

(――早う手当をせねば)

これも源六が常人とは異なるところか、引き返さず肩を押さえて手綱を引き、杣道を坂上に進んだ、というより登った。これまで走って来た土手道と杣道に、人家はなかったのだ。

(――杣道があるということは、近くに杣人《そまびと》の小屋があるはず)

判断したのだ。

雨の激しくなるなか、当たっていた。

さほど登るまでもなく、小屋というより人の住まう人家があった。

板戸をたたき、訪《おとな》いを入れた。

人が出てきた。女人《にょにん》だった。歳のころなら源六とおなじくらいか。

雨の中に見知らぬ若い武士が来たのへ娘は警戒の表情になったが、負傷していることに驚き、

「――ともかく中へ」

娘は源六を屋内に招じ入れた。

障子や畳などはなく、土間と板の間だけの人家だった。囲炉裏《いろり》があり、夏場というのに火種があるのは、ここに人が住み暮らしていることを意味する。

「――脱ぎなはれ」

娘は源六の筒袖に手をかけ、着物を脱がせた。血が出ている。骨折の心配はなかったが、かなりのすり傷と打撲だ。

「――待っていなはれ」

娘は雨の中へ走り出てすぐ戻って来た。全身ずぶ濡れになり、うしろで束ねただけの黒髪からも水をしたたらせ、手には青木《あおき》の枝を持っていた。深緑色の手の平ほども

ある大きな葉が数枚ついている。

常緑の木で日本全国どこにでも生え、切り傷や火傷《やけど》に効き、生の葉を火で焙《あぶ》って貼る、最も手近な薬草だ。この人家の近くにも茂っているのだろう。

「――見ればおさむらいさまのようやが、こんな雨の中、道に迷われたか。大きなケガまでして、難渋しなはったやろ」

言いながら囲炉裏の種火を灰から掘り起こし、青木の葉を焙りはじめた。

その姿を源六は、凝っと見つめていた。自身も筒袖を脱げば上半身は裸であり、まだ濡れている。袴も濡れたままで、板の間を湿らせている。娘も、外に出てずぶ濡れになったまま、着替えていない。若い娘の肌に着物が張りつき、肌が透けて見えた。夏場のせいか、着物の内側には一糸も着けていないのが見て分かる。

(――うううう)

源六は堪《こら》えた。

佳奈は黙って聞いている。

吉宗は言った。

「聞いてくれ、佳奈。わしが感じたのは、そんなことだけではない。そなたなら、分かってくれるはずだ。なあ、佳奈」

「どうでしょう。さあ、さきを……」

佳奈がさらりと言ったのへ、

「ふむ」

と、吉宗は佳奈に向けた視線をふたたび庭にながし、語りはじめた。

腰を源六のほうに向け、青木の葉を焙っていた娘は、

「──さあ、ほどよう葉っぱの汁が出てきました」

言うと乾いた布で源六の背を拭き、

「──この葉っぱ、こうするとケガにはよう効きますのや」

と、患部に貼り、古いさらしを包帯代わりに巻きはじめた。娘の息遣いが、首筋に感じられる。

訊くと、名は茂与《もよ》といい、歳は十五だった。家業は炭焼きと山菜採りで、ときには猟もし、父はちょうど猟に出て母は炭焼き小屋の火の番に行っているという。

外はまだ雨が降っている。

源六は感じていた。茂与の心づくしである。化粧も濃く着飾った城の女たちは、か

しずきはする。杣人《そまびと》である茂与がいま見せている親身の応対は、源六にはこれまで感じることのなかった新鮮なものだった。城に帰れば、それは二度と味わえない、一期《いちご》一会《いちえ》の尊いもののように思われてきた。

茂与の心づくしはつづいた。

「——あらあら、おさむらいさん。袴も濡れたままで泥まではね上げ、あっ、筒袖に血がついております。いまなら水洗いすれば落ちます。さあ」

茂与は手に源六の筒袖を丸めて持ち、片方の手を差し出した。

源六は立ち上がり、どぎまぎしながら袴の紐《ひも》に手をかけた。

「——うっ」

動きをとめた。下は下帯《したおび》一本である。源六のほうが恥じらいを感じた。それを隠す心理が働いたのかもしれない。

（——許せ！　この日しかないのじゃ）

心中に叫び、茂与の濡れた体を抱きしめていた。

「——あれ、おさむらいさま。こないなこと！」

茂与は言ったが体の力は抜いていた。

雨は上がっていた。

茂与の洗った筒袖と袴は、まだ湿ってはいたがびしょ濡れのときよりはましになっていた。

「――遊びではなかった。わしの身分は詳しくは申せぬが、証《あかし》となるものは認《したた》めておこう」

と、筆と古紙を茂与に用意させ、書き記した。

――向後の身のふり方に相談あれば、いかようにも応じるべし

その日の日付とともに記した名は、〝松平新之助〟だった。

源六が帰るとき、茂与は板の間に座り込んだままだった。

雨上がりに紀ノ川の土手まで出たところで、探索していた薬込役の者と出会った。

「――やあ、許せ。遠乗りが過ぎたようじゃ。おかげで雨に遭《お》うてしもうた」

ぎこちなく言ったものだった。

城内に戻り、城の女たちを見ていると、なおさら山間の茂与が思い起こされた。二度、三度、人知れず城を抜け出すことがあった。茂与を訪ねていたのだ。茂与の親も気づき、薬込役も気づいた。

親は茂与を問い質し、茂与は書き付けを見せた。

親は蒼ざめた。炭俵を背に、また山菜を売りに城下へ出ておれば、〝松平新之助〟が誰であるかは分かる。茂与も震え上がった。身なりから、足軽あたりぐらいとしか思っていなかったのだ。しかも偉丈夫でまんざらでもない。身籠《みごも》れば、ある種の希望が持てるかもしれない……、その思いもあった。

だが、松平新之助すなわち松平頼方とあっては、気の遠くなるほどの身分ではないか。人としては愛《いと》おしい。だが、

（——危ない）

その恐怖がさきに立つのも仕方がないだろう。周辺の家臣によって抹殺される。その恐怖だ。震えるのがむしろ自然だろう。

茂与の体に変調はないか……。古着の行商人を扮《こしら》えた薬込役が探りを入れた。怯《おび》えていたときでもあり、その行商人を武士と見抜いたのかもしれない。両親は口をそろえた。

「——へえ。娘は縁あって、田辺の杣人に嫁がせましたじゃ」

薬込役は数日、茂与の山家《やまが》を見張った。茂与の姿はなかった。

実際に両親は、田辺の知《し》る辺《べ》を頼って茂与を〝逃がした〟のだ。この〝逃がした〟

という部分は、源六が竜大夫から推測として聞かされたことだが、そこに間違いはないだろう。薬込役は、茂与の探索を打ち切った。

語り終わると、吉宗はふたたび佳奈に視線を戻し、言った。

「わしはなあ、おのれの境遇が恨めしかったぞ。女にさような畏《おそ》れを抱《いだ》かせる、わしの血脈もなあ」

「そう、その血脈が罪なのです」

佳奈は硬く、明瞭に応えた。

なんの遠慮もない言いようだったからか、

「えっ」

「罪なのですよ。この世にさような血脈の存在することが。兄《あに》さまは、まっこと罪なことをなされました」

問い返した吉宗に、佳奈はこんどはやわらかく、ゆっくりとした口調で言った。だが、棘《とげ》は硬かった。

言うと同時に、天一坊なる修験者が本物であるか否かにかかわらず、その茂与なる女人《によにん》に、佳奈は無性に会いたくなった。

吉宗は視線を佳奈に据えたまま、

「どうすればいい、佳奈。かようなこと、久通や氏倫には話せぬぞ」

偉丈夫な吉宗には似合わない、戸惑った口調で言った。

余人を排除した上野寛永寺だからか、佳奈にしか見せられない姿だ。あらぬところに血脈を残したかもしれないことの罪を、吉宗は感じているようだ。

晩夏の風が、奥庭の縁側にも吹いている。

「兄さん」

「なんだ」

佳奈と吉宗は、視線を合わせている。

「調べてみましょう。まずは茂与どのの生死です。生きておいでなら、私より一歳年上……」

「そ、そういうことになる」

吉宗は舌をもつれさせた。

「私にとっては、義理の姉ということになります」

「そ、そうじゃ」

「ご存命なら、天一坊なる修験者が本物の血脈かどうか、訊くことができます」

「やってくれるか」

「はい」

「そなた一人では……冴どのも老いていようし……」

「それについては、兄さん」

「ん？」

兄と妹の会話になっている。

「ロクジュさん、トビタさん、ヤクシさんをわたくしに。むろん、その配下の御庭番も含めてです」

「分かった。久通と氏倫に命じ、小泉にさようにさせよう」

佳奈は無言で、諾意《だくい》のうなずきを見せた。

この瞬間に、御庭番とも薬込役ともつかぬ、天一坊探索の潜み集団が誕生した。

佳奈は端座のまま身震いし、心ノ臓の高鳴るのを覚えた。若い江戸潜みのくノ一として日坂決戦に挑んでより、二十五年ぶりの動悸《どうき》である。その脳裡には、日坂で討死したイダテン、ハシリ、氷室章助らの顔が走馬灯のようにながれた。

「兄さん」

「なんじゃ」

あらたまった佳奈の口調に、吉宗は問い返した。

佳奈は言った。真剣な表情だった。

「探索の結果、いかがなされます」

「うっ」

吉宗は返答に窮した。天下の将軍位というおのれの立場を思ったとき、情の向くまま決を下せないことを心得ているのだ。

晩夏のゆるやかな風のなかに、二人のあいだに数呼吸ほどの間合いがながれた。

吉宗がその空間を埋めた。

「すべて、佳奈に任せると言えば、荷が重すぎるか、それとも、酷《こく》か」

「うっ」

こんどは佳奈が返答に窮した。

いくらかの間を置き、返した。

「そのときになってみなければ分かりませぬ」

「ふむ。そのときにのう」

「はい」

二人は同時に視線を万緑の庭に向けた。

「ふーっ」

息をついたのも、同時だった。

部屋にも縁側にも、くつろいだ雰囲気が戻った。

そのなかに、

「なあ、佳奈よ」

視線を庭に向けたまま、吉宗が問いの口調をつくった。

「なんでしょう、兄さま」

「話は変わるが、そなた、その美しさに、まだ独り身と聞くぞ。なにゆえじゃ」

「ふふふ」

佳奈は不敵な笑いを洩らし、

「この、罪つくりな血脈、わたくし一人の代で終わらせたく……」

「おまえ」

「いえ、兄さまにはその血脈、伝えてもらわねばなりませぬ」

「佳奈……。すまぬ」

「それは茂与さんか、場合によっては天一坊どのに……」

「…………」

ふたたび数呼吸の沈黙がながれたなかに、

「新たにお茶をお持ちいたしとう存じまするが」

内の廊下のほうから寺僧の声が聞こえた。

寛永寺の庫裡で、かなりの時間が過ぎたようだ。

三　天一坊の真贋《しんがん》

一

留左と女中が帰り、冠木門を閉めると、

「さあ」

療治部屋と待合部屋を仕切る板戸をはずし、手裏剣と飛苦無《とびくない》の修練が始まった。寛永寺から帰って来たその日からである。

佳奈から結果を聞き、

「――このさき、いかなる修羅場に遭遇せぬとも限りません。始めるのです」

冴は言ったものである。

「――はい」

と、佳奈もその気になっている。

天一坊その者より、その周辺に群がる者たち……とくに阿闍梨《あじやり》の常楽院と名乗る赤川大膳なる人物に、胡散臭《うさんくさ》いものを感じたのだ。児島竜大夫が追捕し得なかった元抜忍である。

久しぶりに取った手裏剣だが、冴はさすがにかつて薬込役随一と言われた名手だけあって、五間（およそ九米《メートル》）離れた的に違《たが》わず打ち込んだが、

「これでは手練《てだれ》者が相手では、打ち落とされてしまいますねえ」

冴がみずからいったように、速度がなくなっていた。七十一歳では、打つだけでも体力を消耗し、改善のしようがない。

一方、佳奈は四十三歳で若手とはいえないが、速度に衰えはなく、的にも十発中七、八本は命中させた。

秘かに安楽膏の調合にもかかった。一日の療治を終えてからである。

「ふたたびかようなものを調合しようとは」

「仕方ありませぬ。天一坊なる者が、おのれの血脈の罪つくりなことを自覚しているのかどうか、そこがこたびの探索の鍵となりましょう」

話しながら、二人は薬研《やげん》を挽《ひ》いた。

陰陽師土御門《つちみかど》家の式神《しきがみ》や上杉家の伏嗅組《ふしかぎぐみ》と戦ったときのように、ふたたび修羅の場を演じなければならなくなるのか。天一坊の周辺がいかなるものか。それらが分からないでは判断できない。だが、準備はしておかねばならない。

冴と佳奈が午間《ひるま》の療治を一刻（およそ二時間）ばかり休みにし、そろって出かけたのは、寛永寺で佳奈が吉宗と会ってから五日ばかりを経た日だった。

まだ残暑を感じるなか、

「難しいお産になりそうな家がありましてねえ、事前に診ておこうと」

と言えば留左は遠慮し、あっしを薬籠持《やくろうもち》にとは言わない。

「へい、行ってらっしゃいやし」

女中と一緒に冠木門の外まで出て見送った。

町駕籠が二挺、行く先は懐かしい日本橋北詰の、小ぢんまりとした割烹《かっぽう》だった。

一林斎が健在だったころ、江戸潜みの談合はほとんどがこの割烹で、集まるのが武士に医者、商人に職人と多彩であれば、店の女将《おかみ》や仲居たちには、

「――頼母子講《たのもしこう》の集まりでな」

と、言っていた。

だが、きょうの人数は少なく五人だったが、やはり頼母子講として部屋を取った。

牙と佳奈を合わせて五人なら、来るのは三人ということになる。それなら霧生院にすればいいものだが、これには牙が承知しなかった。来る者のなかに、加納久通《ひさみち》がいるのだ。将軍家の御側御用取次《おそばごようとりつぎ》で、大身中の大身である。その久通が権門駕籠を仕立てて霧生院に乗り込めば、

（さては御典医の兆《きざ》しか……）

と、町の住人たちは不安を感じるところとなる。久通が以前、吉宗に随って来たときは紀州家の時代で、それでも町の住人はしばらく不安を拭《ぬぐ》えなかったのだ。それならお忍びでという方途もある。京あたりで将軍家御落胤のうわさが立っていることは、すでに江戸にも伝わっている。そこへ加納久通が秘かに町場の鍼医を訪れたのでは、いかようなうわさを生むことになるか……。佳奈もそれを理由に、霧生院での談合には首を横にふっていた。

一林斎が日本橋北詰に向かうときは、柳原土手に迂回《うかい》し、両国広小路に出て背後に怪しい影の尾《つ》いていないのを確認してから割烹に向かい、小泉忠介やイダテンたちもそれなりに遠まわりをして日本橋に向かったものだった。そのころは江戸が即戦場で、どこに式神や伏嗅組の目があるか分からなかったのだ。

いまは〝敵〟が身近にいるわけではない。霧生院を出た町駕籠二挺は神田の大通り

に出ると、まっすぐ日本橋に向かった。

陽が中天をいくらか過ぎた時分だった。割烹に着くと、自然懐かしさが込み上げてくる。冴は一林斎の名代で談合を仕切ったこともあり、佳奈も一林斎の薬籠持でそこに加わったことがある。まだ十七、八歳のころだった。

店はそのままだが、仲居たちはむろん女将も代がわりし、まったく知らない顔になっていた。

久通ら三人はすでに来ていた。他の二人は武士姿の小泉忠介と職人姿のロクジュだった。例によって一番奥の部屋を取り、手前の部屋は声が洩れるのを防ぐため、空き部屋として確保していた。

上座には久通が座ったが、一同はほぼ円陣になり、

「さあ、これでそろいました。さっそくですが」

と、座を仕切ったのは小泉忠介だった。加納久通は政道一筋で隠密としての修羅場を知らず、薬込役の談合では一歩退かざるを得ない。

「さあ、冴どのも佳奈お嬢もよろしいか」

小泉は一同を見まわした。佳奈は四十路《よそじ》を越えていても、やはり元薬込役にとっては〃お嬢〃である。佳奈の呼び方に最も困っているのは久通だ。表向きは霧生院の娘

だから〝佳奈さま〟はおかしい。だが胸中には吉宗公の妹君との観念がある。仕方なく小泉たちに合わせ〝お嬢〟と呼んでいるが、それが久通であっては呼ぶほうも呼ばれるほうも不自然なものを感じざるを得ない。

それにはおかまいなく小泉はつづけ、

「昨日、新たに京のトビタより文がありました。きょうこの談合があるため、まだ柳営にも知らせなんだ。これでござる。順に見てくだされ」

と、隣に座っている冴に紙片を手渡した。久通も首を伸ばし、ちらと見たが符号文字だった。小泉は、紙片が冴から佳奈、ロクジュへとまわっているあいだに、

「加納さま、天一坊を担いでいる者がほぼ分かりました。阿闍梨の常楽院だけではありませぬぞ」

と、口頭で文の内容を話した。

文面を見て、

「えっ」

と、声を上げたのは佳奈で、

「なんと、また式神が！」

と、つぎにロクジュが佳奈の驚きを引き継ぐように言った。

佳奈は江戸潜みが式神と戦っているころはまだ幼く、初陣は上杉の伏嗅組からだった。だが、式神の戦いぶりの執拗なことは、一林斎や冴から聞いている。

「式神とは京の土御門家《つちみかどけ》の手足となるものにて……」

小泉は久通に説明した。もちろん加納久通も、平安期の安倍晴明《あべのせいめい》の流れを汲むのが京の土御門家であり、陰陽師の世界はこの土御門家が中心になっていることは知っている。だが、その実態となれば、土御門家の送り込んで来た式神たちと死闘をくり返した薬込役たちが、最も深く知るところである。

文に依《よ》れば、京地で秘かに将軍家御落胤のうわさをながしているのは、陰陽師たちと、その手足となる式神たちだという。

冴も佳奈も、夢想だにしなかった展開である。

「うーむむむ」

久通は腕を組み、唸《うな》った。背景が複雑となり、

――事態はきわめて厄介《やっかい》
になったことを、トビタは知らせて来たのだ。

――秘かに豪商や豪農、さらに公家衆や大名家にも期待を持たせ、姿を現わすなり一挙に支援の家臣団を組織し、江戸へ押し出す策と思われる

トビタはヤクシとの連名で綴《つづ》っている。

「おそらく常楽院ともども、所在がいまだ分からずとも、トビタらの推測に間違いはありますまい」

「そうかもしれぬ」

小泉が言ったのへ、久通も肯是《こうぜ》の意を示した。

さらにロクジュが言った。

「トビタやヤクシをもってしても、天一坊なる御仁の所在がつかめぬとは、土御門家の式神たちにかくまわれているに相違ありませぬ」

「おそらく」

冴が短くつないだ。佳奈も同感である。

土御門家の陰陽師が京はむろん各地におもむき卦《け》を立て、人から呪詛《じゅそ》の依頼を受ければ護摩《ごま》を焚《た》き、藁《わら》人形を打つ。だが、その効能を現実のものとして世に示すのは式神たちだ。いかがわしい祈禱師が人心を惑わそうとすれば、その者を人知れず始末することもある。いわば式神とは、土御門家の陰陽師を支える隠密集団であり、そこに平安朝からつづく土御門家の権威は護られているのだ。

加納久通は蒼ざめた表情になり、つぶやくように言った。

「さような者が、背景についているのでござるか。ふむ、陰陽師と修験者が結びついても不思議はないな」

「そのとおりです。したが、いずれにせよ天一坊なる者の真贋《しんがん》を確かめるのが先決ではありませぬか」

佳奈が明瞭な口調で返し、冴も小泉忠介もロクジュも、無言のうなずきを見せた。

それらの脳裡には、

(安宮照子の一派に籠絡《ろうらく》され、抜忍となった赤川大膳が背景にいるのなら)

との思いがながれていた。京に出張っているトビタやヤクシたちもそれを思い、文に見る推測を立てたのであろう。そこに常楽院の名が示されても、赤川大膳の名が出てこないのは、たとえ符号文字でも加納久通や有馬氏倫の目に触れることを予想し、

(気を利かせて伏せたのだろう)

そのことも、冴をはじめ旧薬込役であるロクジュと小泉も推測した。

赤川大膳の名が出ないまま、旧薬込役たちと久通の談合は進んだ。

「京の公家衆と大名家が絡《から》んだのでは、ことは柳営を揺るがす重大事に発展するやもしれぬなあ」

憂慮を含んだ口調で久通は洩らし、

「話が大きくならぬうちに、佳奈お嬢を含め、薬込役のながれを汲むそなたらで、ともかく天一坊なる御仁の真偽を探ってもらいたい。それでよろしいか、冴どの」

と、冴に視線を向けた。

「心得ました」

冴は七十一歳とは思えぬ矍鑠《かくしやく》とした口調で応じ、さらにつづけた。

「京地へは、わたくしも参りましょう」

「えぇえ！」

と、これには言った久通がまず驚きの声を出した。

「母上……」

と、佳奈も冴の顔に目を向け、小泉とロクジュの視線もそれにつづいた。

久通がまた言った。

「大丈夫ですか、そのご老体で。京まで百二十五里、達者な男の足でも十二日はかかりますぞ」

「東海道には、懐かしい土地《ところ》がたんとありますからなあ。いまから楽しみじゃ」

冴は返した。

久通は佳奈に視線を向け、佳奈は無言でうなずき、小泉もロクジュもうなずいた。

三人とも解しているのだ。赤川大膳の顔を知っているのは、冴のみである。最後にその面体を見たのは、佳奈の年齢の分、四十三年前だが、いまでも会えば人体《にんてい》定めはできるだろう。

二

冴と佳奈がそろって霧生院を留守にする。しかも長期間だ。

留左と女中たちには、その日のうちに告げた。

「えぇえ！　戻って来るのはいつになるか分からねえだって⁉」

留左は驚き、女中たちは戸惑った。

佳奈は言った。

「あらあら、そのあいだ毎日来て留守番を頼みますよう。お給金はそのあいだも出しますからねえ」

留左や女中たちのためだけではない。町のためでもあった。長く留守にしても、奉公人たちはそのままに給金を払いつづける。かならず帰って来るとの証《あかし》になる。

「和歌山の実家を整理しなければならなくなったのです。親戚もおりますことゆえ、それが幾日になりますことやら。なかには町医者もおりましてなあ、その技量もみることになれば、それこそ半年はかかりましょうか」

冴は話したものである。

「それもね、母上もわたくしも、江戸に骨を埋めるための準備と思ってくださいな」

と、佳奈もつづけた。

町の住人らは、冴も佳奈も江戸生まれではなく、紀州から来たことを知っている。長期間留守の理由に、それは説得力があった。

その日の夕刻、冠木門を閉め、居間で夕餉を終え膳もかたづけてからだった。

佳奈は冴の前に座り、あらたまった口調で言った。

「わたしが小田原で父上と母上から、源六の兄《あに》さんと実の兄妹だと打ち明けられ、海岸に出てその証拠となる葵《あおい》の印籠を波間に投げ捨てたのは、もう二十年以上も前のことになりますねえ」

「そう、そうだったねえ……」

冴は怪訝な表情になり、二十一年前の小田原の海岸を思い起こした。

佳奈はなおも冴を見つめ、

「母上、わたくし、ずっと前から知っていました」

「なにをです」

「このことです」

冴の問いに佳奈は返し、腰を上げ部屋の隅の踏み台を押入の前に置いた。

「えっ」

と、冴の心ノ臓は早鐘を打ちはじめた。押入の長押《なげし》の上は納戸《なんど》になっている。年末の煤払《すすはら》いのとき、そこは常に冴の受持ちとなり、佳奈がさわることはなかった。その納戸の奥に、光貞から印籠とともに拝領した短刀が入っている。長船《おさふね》の業物《わざもの》で、漆《うるし》塗《ぬ》りの鞘《さや》と柄《つか》には葵の紋が打たれている。

二十一年前、紀州への旅で印籠だけを持ち、短刀を置いていったのは、旅の荷物になるからといったためではなかった。旅の途中に佳奈の血脈を話すのに、その証拠の品となるのが一つあればよかったからだ。

佳奈は印籠を海に投げ捨て、強い意志を示した。

ならば、

(——短刀も捨てるべきか)

一林斎と冴は迷った。その迷いのなかに一林斎は死去し、一人となった冴は、

（せめて一つ残しておきたい）

その思いが強くなり、処分することができなかったのだ。

佳奈は無言のまま踏み台に上がり、納戸の襖戸《ふすまど》を開け、手を奥に入れた。

もう佳奈がなにを引っぱり出そうとしているかは明らかだ。

「いつから、いつからそれを」

「もう、十年も前になります。さがし物をしていて、たまたま見つけたのです。あの印籠と、おなじご紋でした」

佳奈は淡々とした口調で踏み台から下り、冴とふたたび向かい合って座り、

「母上は大事に取っておいでだったのですね」

と、短刀を冴の膝の前に置いた。

「せめて、証しになるものを……と」

冴が小さな声で言ったのへ、

「分かります。嬉しいのです」

佳奈は返し、

「これも母上が、わたくしの行く末を斟酌《しんしやく》してくださってのことと思います」

「それは、つまり……そのとおりです」

「ほんとうに、母上はわたくしの母上でございます。ありがたいことと思っております。だからこれまで、わたくしは気がつかぬ振りをしていたのです」

「ならば、ならばなぜいま、これを……」

「天一坊どのの探索に、これを持って行きます。どのように使うかは、ことの進捗《しんちょく》をみなければ分かりませぬ。天一坊どのにこれを授けるか、それとも……」

「佳奈。そなた、きょうの談合でそこまで考えていましたか」

「はい」

佳奈は返した。

出立の日時も日本橋北詰の割烹で決め、葉月《はづき》（八月）なかばと話し合われた。すでに残暑も消え、秋の風が吹いていることだろう。

佳奈が探索方の組頭《くみがしら》となり、ロクジュ、トビタ、ヤクシの三人が小頭《こがしら》となってそれぞれの若い御庭番を差配し、冴を目付《めつけ》として佳奈を後見し、小泉忠介は江戸に残り、京の探索方と柳営とのつなぎ役を務めることとなった。

必要な措置だった。小泉まで京に出張《でば》ったのでは、加納久通や有馬氏倫とのつなぎに符号文字が使えなくなる。通常の文字では、どこで誰に見られないとも限らない。柳営が天一坊の真贋探究の隠密を京に派遣したこと自体が極秘であり、そのためにも御庭番大番頭の小泉忠介が、江戸を長期にわたって留守にすることはできないのだ。

出立の日が近づくにつれ、医者にかかったことのない住人までが、

「冴さま、佳奈お嬢、早う帰って来てくだされや」

声をかけるようになった。

留左も一緒に荷物持ちについて行きたがったが、

「留守居を任せられる人は、留さんしかいないのです」

佳奈に言われ、しぶしぶ残ることを承知した。

もちろんこの間にも、佳奈の手裏剣と飛苦無の鍛錬は進んだ。冴は縫い物をした。手裏剣とともに使うかもしれない。佳奈の着る筒袖と絞り袴である。歳を考えれば、日坂決戦のときに着た梅の花模様は無理だ。灰色に無地の、忍び装束を思わせる仕立てだった。

小泉が霧生院に、吉宗直筆の文を届けた。冴には〝くれぐれもよろしく〟と記し、佳奈宛には、

――相済まぬ。委細、任せる
と、認《したた》められていた。

安楽膏も調合できた。それらを蛤《はまぐり》の殻《から》に入れ、封印した。猛毒なのだ。

その日が来た。日の出時分というのに、霧生院の前は人であふれた。それらの言うことは決まっていた。〝道中お気をつけて〟と〝早う帰って来てくだされ〟である。冴の年齢を考えれば、第一歩から駕籠だった。二挺の駕籠が霧生院の枝道から神田の大通りに出れば、住人たちも一緒に走り出た。

駕籠はゆっくりとした歩調で、日本橋まで留左と足曳きの藤次が伴走した。

日本橋はすでに一日の喧騒が始まっている。

「留の野郎が退屈で吝《けち》な博打《ばくち》などに走らねえよう見張っておきやすから、ご安心を」

「てやんでえ。おめえこそお嬢の不在中に足を引き攣《つ》らせるんじゃねえぞ」

「なにを！」

と、二人は年行《としゆ》きを重ねても相変わらずだった。

三

日本橋を過ぎてから、

「お供つかまつる」

と、二挺の駕籠に寄って来て、伴走しはじめたのはロクジュだった。伴走といっても駕籠はゆっくりと進んでおり、いくらか速足になる程度だった。手甲脚絆《てっこうきゃはん》に裁着《たつつけ》袴《ばかま》で木綿の羽織の背には打飼袋《うちがいぶくろ》を結んでいる。大小を帯び老武士の旅姿だ。

かつて霧生院のまわりを固めた絞り袴のいで立ちに似た二本差が一人、ロクジュに随っている。打飼袋を背に、やはり旅姿だ。ロクジュ配下の若い御庭番であり、他に二人の配下がついているはずだが、町人の旅姿でどこに紛れているか分からない。

最初に駕籠を待たせ、小休止を取ったのは、増上寺に近い浜松町《はままつちょう》の茶店だった。まだ休息を取るほどのこともなかったが、小泉忠介が中間《ちゅうげん》二名を随え待っていた。

佳奈に相応の路銀を渡し、

「京での諸費用は、大津《おおつ》の本陣でお受け取りくだされ。足りなくなれば、そのつどご連絡ありたい」

緊張した口調になった。なにしろ探索方の組頭は佳奈お嬢である。もしものことがあれば、吉宗公に申しわけがない。加納久通も有馬氏倫も、役務は天一坊なる者の真贋を確かめるだけで、そこに命のやり取りがあるかもしれないなど、予想のはるか外であろう。会えば甥《おい》と叔母《おば》の関係で、本物ならそこに感じるものがあり、真贋を極める一助になるだろう……と、そのくらいの認識である。冴が同行することについても久通は驚いたものだが、殿中で氏倫と話したとき、

「——なあに、佳奈さまと一緒に、護衛つきのちょうどよい京見物じゃ」

などと話したものである。吉宗が佳奈に、事態の収束を図る重大な役務を依頼したことなど知らない。だが吉宗も、そこに命のやりとりがともなうかもしれないことまでは予測していない。

だが小泉忠介は、元薬込役として抜忍の赤川大膳が〝敵〟となるかもしれないとの感触を持っている。

「気をつけなされて。くれぐれもご自制を」

と、一行が浜松町の茶店を出立するとき、冴と佳奈に真剣な表情を見せ、ロクジュにもそっと言ったものだった。

「もし打ち合う事態になったなら、そなたらが矢面《やおもて》に」

「むろん、承知」

ロクジュは返していた。

東海道を西へ向かう旅では、品川を過ぎてやっと旅に出たとの思いになり、六郷川《ろくごうがわ》を渡し舟で渡ってようやく江戸を離れたとの実感が湧《わ》いてくる。

冴と佳奈は品川宿で駕籠を捨てた。手甲脚絆に着物の裾《すそ》をたくし上げ、腰に風呂敷包みを巻きつけ、笠に杖を持った旅姿だ。二人のふところには常在戦場で飛苦無が入っており、とくに佳奈は葵の短刀を忍ばせている。

足は冴に合わせ、疲れればまた駕籠を拾い、のんびりとした旅となった。

懐かしい景色もさりながら、思い出の場も多い。六郷の渡しでは三十七年前、照子の侍女久女《ひさめ》の差配する式神のくノ一たちと戦い、二十三年前の箱根越えでは紀州藩四代藩主頼職《よりもと》の死に接し、源六の五代藩主就任の瞬間を迎えた。このときはイダテンにハシリもいた。源六こと頼方《よりかた》が吉宗に名を改めたのもこの年だった。さらに上杉の伏嗅組と死闘を展開し、佳奈も戦いに加わった佐夜《さよ》ノ中山《なかやま》の日坂《にっさか》では、峠の途中で線香を手向け合掌した。

京の手前の大津に入ったのは、男の足なら十二日のところ、江戸を発ってより十六日目だった。京まであと三里だ。ヤクシが迎えに来ていた。本陣に部屋を取るため、歴とした武家姿だった。

京ではトビタが奔走し、京の市中を南にはずれた西七条《にししちじよう》の西蓮寺《さいれんじ》に詰所を用意していた。本堂や庫裡《くり》とは別棟《べつむね》になっており、おもに檀家衆が利用していたが、三部屋に台所、玄関もあり、そこで生活ができる造作だった。

実はこの西蓮寺境内の別棟は、薬込役が陰陽師の式神と戦っていたとき、土御門家の動きを見張るため、紀州徳川家の名で、児島竜大夫が配下数名を引き連れ、一時詰所を置いたところである。今回借り受けるのにトビタは、京都所司代でも紀州徳川家でもなく、事情あってさる商家の老母と介護の娘の、一時住まいとしてと言っていた。

入ったとき冴は、

「かつて父上の竜大夫も、ここに寝泊まりしていたのですね」

と、感慨にふけり、

「これなら、江戸から留さんか女中を一人連れて来るのでしたねえ」

と、持久戦の意志をあらためて示した。

つまり西七条の町場というより集落から田畑のなかを南へ走る梅小路《うめこうじ》を四丁半（およそ五百米《メートル》）ばかり進んだところに、広大な土御門家の屋敷がある。そこから御所のある京の中心地へ向かうには、梅小路を北へ進んで西七条を通ることになる。土御門家の動きを見張るには、西蓮寺はうってつけの場なのだ。

さっそく西蓮寺の別棟に入った日、部屋にロクジュ、トビタ、ヤクシの小頭たち三人の顔がそろった。まだ陽のある明るいうちだ。ヤクシは商人、トビタは職人のいで立ちだった。

トビタは今回の探索で京へ出向くまで、江戸でときおり神田須田町の霧生院を訪ねていたが、ヤクシは日坂決戦のあと和歌山の城下潜みとなって以来、吉宗の参勤交代で一度江戸に出て来ただけだった。

「トビタから須田町の療治処のことは聞いておりましたが、ほんに冴さま、ようお越しいただけましたなあ。それに佳奈お嬢がこたびの組頭と聞き、正直、首をかしげたのじゃが、いやあ、安心しました。すっかり組頭にふさわしゅうなっておいでじゃ」

ヤクシは再会の喜びをあらわにした。

「ヤクシさんも、ほんに市井に溶け込める風貌になられましたなあ」

冴が返したのへ、佳奈もうなずいていた。髷《まげ》は小さくなって白髪が増え、どこから見ても町の年寄りたちの健康相談に乗っている薬種屋の爺さんといった風貌になっているのだ。

遠路はるばるといったなごやかさは、元江戸潜みなればこそのことだが、それは最初だけだった。

「して、天一坊なる者の動きはいかように」

「それに、阿闍梨《あじゃり》というは赤川大膳に相違ありませぬか。やはり、土御門家が関わっておりますのか」

佳奈が待ちかねたように口火を切ったのへ、冴があとをつづけた。

トビタが落ち着いた口調で応じた。

「その儀につき、まず天一坊なる御仁についてですが、文にて知らせましたとおり、動きが地下にもぐったままにございます。以前なれば山伏や陰陽師が辻説法にて、まるで占いでも立てるかのごとく将軍家御落胤の出現を吹聴《ふいちょう》しておりましたが、近ごろはまったくその姿が見られません」

話しようが、職人姿であっても武家言葉の、しかも畏《かしこ》まった口調になっている。やはり話の内容が将軍家御落胤であり、しかも話す相手が佳奈であるせいだろう。その口調でトビタはつづけた。

「なれど、大峯山《おおみねさん》の山伏や土御門家の陰陽師たちが、以前どおり大名家や豪商に出入りしておりまする。手の者が探りましたところ、やはり内々にはそれら行くさきざきで天一坊なる御仁が話題になっている由《よし》にございます。背後に土御門家がひかえていることは間違いありませぬ」

「なるほど」

冴はうなずき、

「うわさを広めてから、的を絞ったということですね。つまり、戦《いくさ》でいえば確たるお味方と軍資金を得るために……。そこで準備がととのえば一挙に押し出す……」

「さように思われます」

トビタは返し、鴻池や淀屋、天満屋など数家の豪商のほかに、いくらかの大名家の名を挙げた。譜代も外様も入っている。

冴の表情が不意に険《けわ》しくなり、

「商家の名はともかく、お大名家の名は断じて伏せるよう、配下の御庭番のかたがたにも徹底してください。それにこのことは、赤川大膳の件とおなじく、加納久通さまと有馬氏倫さまにも伏せねばなりませぬ。江戸の小泉忠介どのには、わたくしからその旨を符号文字で知らせましょう」

毅然としたもの言いだった。

佳奈には、冴の意図が即座に理解できた。

(事態を大きくしてはならない)

その一点に尽きる。天一坊が本物であれ贋物《にせもの》であれ、大名家が関わっていたとなれば、波紋が柳営の内部にまで及ぶのは必至だ。本物ならなおさら、波紋の大きさは予想すらつかないものになるだろう。

「ふむ」

ロクジュがうなずき、トビタとヤクシも得心の表情になった。

「その赤川大膳のことでございますが」

と、ヤクシがさらに真剣な表情をつくり、

「大峯山の金峯山寺《きんぶせんじ》に配下を入れ探らせたところ、抜忍に間違いないようです」

「やはり」

冴はうなずき、佳奈がさらに詳しくといった目を向け、ヤクシは語った。

「手の者が、大峯山で古参の山伏に訊くと、四十年ほども前のことだそうです。修験道にはご存じのとおり、金剛杖の棒術など武術も含まれているのですが、その棒術もさりながら手裏剣や薬草などにも秀《ひい》でた奇妙な若者が入山し、先達《せんだつ》より常楽院の名を授けられて修行に励み、ときには下山し娑婆《しゃば》で托鉢《たくはつ》などをしておりましたところ、二十五、六年ほど前に、紀州の田辺で親に死なれたみなし児を引き取ったと四、五歳のわらべを連れ帰り、自分のそばに置いて修験道の道に進ませたそうな。周囲はそれを、なかなかできんことじゃと賞賛したそうにございます」

「そのみなし児が半之助で、天一坊と名乗り、常楽院が赤川大膳ということですか」

佳奈が確認するように問いを入れ、ヤクシはさらにつづけた。

「さようにございます。常楽院の俗界での名が赤川大膳というのも、私の手の者が聞き込んだのでございますが、常楽院こと赤川大膳は半之助なるみなし児に改行と名付け、天一坊と名乗らせたのは最近のことで、それとほとんど同時に、常楽院こと赤川大膳はその者を連れて下山し、そのとき幾人かの山伏が常楽院を阿闍梨さまと称し、ともに金峯山寺を出たそうにございます」

「なるほど、間違いありますまい」

と、冴が再度うなずき、

「赤川大膳が和歌山城下から失踪したのは、佳奈が生まれた四十二年前です。常楽院なる赤川大膳が入山したのが四十年ほど前というのと符合します。さらに天一坊は今年三十歳です。二十五、六年前に四、五歳のわらべを引き取ったというのも合致します。おそらく赤川大膳は田辺で……」

そのあとの言葉を呑み込んだ。

『茂与《もよ》どのと会って』

と、喉まで出たのだ。そこで赤川大膳は、半之助が吉宗の落《お》とし胤《だね》であることを知って……。

ひと呼吸おき、冴はつづけた。

「常楽院こと赤川大膳はなんらかの野望を抱《いだ》き、改行と名付けた半之助に、さらに天下に唯一の坊《もの》、天一坊とつけ加えたに相違ありませぬ」

「わたくしもさように思います。母上、常楽院なる赤川大膳に会《お》うて、いかなる存念か糺《ただ》してくださいませんか。わたくしは天一坊なる半之助に会い、名乗りを上げるのが本意であったのかどうかを質《ただ》しとうございます」

佳奈が引き取って言った。京までの道中、旅籠に泊まるたびに話し合ってきたことである。だが、そのときはまだ真偽が定かでなく、五里霧中のなかに騙《かた》りであって欲しいと願う気持ちがあった。だがいま、推測の域を出ないというものの、赤川大膳も半之助も限りなく本物に近くなった。

佳奈は視線を冴からトビタとヤクシに向け、

「算段はつけられましょうか」

「お待ちくだされ、佳奈さま」

トビタが手を前に出し、さえぎるように言った。

「天一坊なる御仁と赤川大膳なる抜忍の所在が、定かでございませぬ。いま最も高い率をもって推測できるのは、土御門家の屋敷でございます。われら紀州藩薬込役と式神たちとの経緯を思えば……。それに赤川大膳が抜忍であれば、吉宗公というより、ご公儀に悪意のあることも考えねばなりませぬ。そこに天一坊なる御仁のお立場がいかなるものか、それも探索が必要かと思われます」

「そうですねえ」

冴が落ち着いた声を洩らし、佳奈もうなずいた。

ヤクシもロクジュもうなずいている。

佳奈は焦っていた。なるほどこれまでの経緯を思えば、いきなり会おうとするのは軽挙というほかない。赤川大膳が策士なら、佳奈の素性を知ればどのような手を打ってくるかも知れたものではない。

「軽率でした。しばらくの算段は、あなたがたにお任せいたしましょう。よろしゅうお願いいたしますぞ」

佳奈は年勾配《としこうばい》から、言うだけの分別は心得ている。

しばし出番のなかったロクジュが、きょう一日を締めくくるように言った。

「ともかく、さらに詳しく探索せねばならぬということですなあ。西蓮寺を根城に土御門邸をさぐるとともに、向こうさんが正面切って動きだしてくれれば、われらもやりやすくなりますがのう」

トビタとヤクシがうなずきを見せた。

佳奈はやはり、内心は焦っている。動きだしてからでは収拾がつかなくなるかもしれないのだ。

（血脈とは、さほどに恐ろしいものなのです）

胸中にその思いがながれている。

四

冴と佳奈の、年行きを重ねた〝母娘〟の京生活が始まった。

西七条の住人たちは、事情を抱えた老婆と世話役の娘が西蓮寺の別棟に一時寄宿したとくらいにしか見ていない。冴と佳奈も、おもて向きはそれを印象づける身なりとふるまいだった。西蓮寺の寺僧や寺男たちもそう檀家に話している。寺には大枚の店《たな》賃《ちん》が入っているのだ。

顔つなぎのため、トビタとヤクシ配下の若い御庭番六人が西蓮寺別棟の板の間にそろったのは三日後だった。若侍に寺小姓に行商人、職人といったいで立ちで、御庭番の集まりにふさわしい姿だ。トビタとヤクシはともに町場の隠居といった風情を扮《こしら》えている。ロクジュの配下三人とは、すでに道中で昵懇《じっこん》になっており、ロクジュと大津方面の街道での探索に散っている。

トビタとヤクシの配下たちも、すべて二十歳を超したばかりの若手で、吉宗が八代将軍となり紀州藩の薬込役が公儀御庭番に改組されたときには十歳前後で、和歌山城下の組屋敷に暮らしていても、薬込役江戸潜みの活躍は知らないばかりか、かつて薬込役に霧生院という戦国以来の名門があったことも、まして佳奈の血脈などは知る由もない。もちろんトビタもヤクシも話していない。

だからそれら若い御庭番たちは、江戸から天一坊探索組の組頭と目付が来て、しかも目付が七十を超えた老婆で、組頭まで四十過ぎの女であることに、

（——なにゆえ？）

一様に首をかしげ、小頭のトビタとヤクシに訊いたが、

「——さように心得よ」

と、言うばかりで戸惑いを隠せず、小頭二人が佳奈を〝お嬢〟と称《よ》ぶ意味も分からなかった。

それが態度にもあらわれていた。六人が胡坐居《あぐらい》で待つ板の間へ奥の畳の間からトビタとヤクシに、

「組頭さまとお目付さまのお出ましじゃ」

と先導されるように入ったときだった。

（ええ）

（これが？）

声には出さないが、内心思ったのが表情から看《み》て取れた。佳奈が灰色の筒袖に絞り袴だったら違ったかもしれないが、二人は町場の老婆にその介護の小女《こおんな》といったようすだったのだ。着物には継ぎまである。二人が座に着こうとしたときだった。

「お目付さま、お手を貸しましょうか」

低く、懸念というよりも、からかいの声が洩れ、顔で嘲笑する者もいた。

刹那《せつな》、

「うっ」

「あぁっ」

一列目に座し嘲笑した行商人姿の頬をかすめた手裏剣が、そのうしろでからかいの声を出した若侍姿の袴の裾《すそ》を、脛《すね》をかすめるように床に釘づけた。

二人は身を硬直させ、他の者も息を呑んだ。佳奈の身が動いたのは、目の前だから分かった。しかし、手裏剣を打ったのに気づいたのはトビタとヤクシだけだった。

道中でも常に樹間や山中で冴と佳奈は手裏剣の技に磨きをかけ、二人の打ち合いの鋭さには同行したロクジュも配下の若い御庭番も舌を巻いたものだった。

「——とていわれらの及ぶところではありません。稽古をつけてくだされ」

若い御庭番たちは言ったものだった。道中に日数をとったのは、物見遊山《ものみゆさん》や冴の歳のせいばかりではなかった。

その技を、京、大坂で待っていた若い御庭番たちも見せつけられた。冴は前面の二人にかぶせた。

「手裏剣を打ち込まれて身を硬直させるとは何事ですか。打たれた瞬時に反撃の体勢を取らねばなりませぬぞ」

「そのとおりじゃ。こたびの役務は、おまえたちの鍛錬も兼ねていると思え」

トビタが叱咤し、さらにヤクシが、

「おまえたちにはまだ伝授しておらんが、紀州藩薬込役より引き継いだ安楽膏というのがあるのは聞いておろう。お目付と組頭は江戸を発たれたときから常在戦場で、常にふところへ手裏剣と安楽膏を忍ばせておいでじゃ。組頭、いまのは？」

「塗っていて、打つ角度をほんのわずか違《たが》えていたなら、いまごろここに死体が二つならんでいたでしょう」

「…………」

佳奈の言葉に、若い御庭番たちは言葉を失った。

「――安楽膏なるものは、身体の一部をかすめただけで死に至る」
と、若い御庭番たちは聞かされている。目にもとまらない早業で打たれた手裏剣は、一人の頰をかすめ、もう一人の袴を釘づけにした。安楽膏が塗られ、一人の頰をかすり、もう一人の膝に刺さっていたなら……。その恐怖が解るのも、御庭番ならではであろう。

紀州藩薬込役が締戸番《ししどばん》を経て公儀御庭番に改組され、規模が大きくなってから、安楽膏は調合されなくなった。藩の組織であった薬込役の時代なら、その調合の秘密は厳として守られた。だが、数の増えた御庭番が全国に散れば、安楽膏がどのように使われるか知れたものではない。御庭番大番頭《おおばんがしら》となった小泉忠介はそうした危険な毒薬の拡散を懸念し、安楽膏の調合を継承せず、そのような毒薬があったことのみが、新たな御庭番たちのあいだでささやかれるのみとなっていたのだ。

だから、幼少期から組屋敷で薬草学より入ったロクジュやヤクシ、トビタらの薬込役上がりと違い、新たな御庭番にはその環境がない。組屋敷育ちではないが、四十三歳の佳奈がそれを調合できる最年少者となっていた。

凍てついた空気のなかに、

「安心しましたぞ」

冴が声を入れた。

「そなたらがわたしたちの立ち居ふるまいを見て、これが目付に組頭かと疑念を持った。そうじゃな」

「へ、へえ」

一同はおそるおそるうなずいた。

冴はつづけた。

「そなたらの目を欺《あざむ》けたということは、この形《なり》で京の町場を歩いても、誰にも怪しまれぬということじゃ。わたくしたちはこれよりしばらく、のんびりと物見遊山で京めぐりをします。この意味をそなたらなら分かるでしょう。ここが天一坊探索の詰所になっていることを、対手方に覚《さと》られないためです。そこで、そなたらのこれからの役務じゃが」

冴は言葉を切り端座に腰を下ろし、佳奈もそれにつづいた。

ヤクシとトビタも胡坐居に腰を据え、四人が若い六人と対座するかたちになった。

冴は言葉をつづけた。

「これまでどおり、天一坊ならびに常楽院の所在を突きとめ、その動向を探り、周辺に動く者があればその勢力を割り出すこと。詳細については、そのつど小頭に指示する。なお、そなたらの探索を対手方はもとより、所司代や町奉行所にも覚られてはなりませぬ」

「それに」

と、佳奈があとを引き取った。

「天一坊ならびに常楽院の所在をつかんでも、そなたらは決して近づいてはならぬ。真偽のほどは、お目付とわたくしで確かめます。よろしいか」

「は、はーっ」

一同は床に両手をついた。

「もう一つ。土御門家には陰陽師のほかに、式神という忍び集団のいることは承知のことと思います。決して侮《あなど》れる相手ではありません」

佳奈はつづけ、冴が大きくうなずきを見せた。佳奈は一同を見まわした。若い御庭番たちは固唾《かたず》を呑み、二人を凝視し、つぎの言葉を待った。

「役務遂行にあたり、対手を斃《たお》さねばならなくなったときに備え、そなたらに数人が殺せる量の安楽膏を支給します」

「おーっ」

若手の御庭番たちから、歓声とも驚きともつかぬどよめきが起こった。

佳奈の言葉はつづいた。

「したが、進んで干戈《かんか》を交えることは断じてなりませぬ。そなたらも、それに対手方にも、むやみに死者を出してはなりませぬぞ。式神たちも、わが安楽膏と類似の毒薬を持っております。心されよ」

「ははーっ」

御庭番たちはふたたびこぶしを下についた。

それを受ける佳奈の表情は、悲痛を帯びている。

(この騒動、すべて血脈のなせる業《わざ》)

江戸を発ったときから、重くのしかかっているのだ。

その発端となっている天一坊と常楽院が、詰所を置いた西蓮寺からわずが四丁半ほどの土御門邸にいるかもしれないとあっては、その重圧がいっそう強く感じられ、

(早う会《お》うて、真偽を確かめたい)

思いがひと呼吸ごとに込み上げてくる。

だが、血脈であればこそ、いかにして秘かに決着をつけるか……。それもまた、重圧となっている。

ヤクシとトビタらが引き揚げたあとの西蓮寺別棟で、

「ともかく長丁場になりましょう。うわさの蒐集《しゅうしゅう》や動きへの探索は小頭さんたちに任せ、わたしたちは来たる日に備えましょう。そなたが若い御庭番二人に手裏剣を打ったのは見事でした。したが、そうさせる雰囲気を野放しにしておいたのは、トビタさんやヤクシさんの配慮では」

「ん？」

「うふふ。そなたに、ぴしゃりとあの者どもを抑えさせるために……」

「なるほど」

佳奈は得心したようにうなずき、

「あしたはお弁当をつくり、鞍馬《くらま》のほうにまで足を延ばしましょうか。変わった薬草があるかもしれませぬ」

「そうですねえ。楽しみです」

佳奈が言ったのへ、冴は応えた。

三々五々に西蓮寺を出たヤクシ、トビタとその配下たちは直接棲家《すみか》に向かわず、西七条からさらに西へ延びる丹波《たんば》街道に歩を入れていた。

ヤクシの配下の一人がつなぎ役に西七条に塒《ねぐら》を置き、他の二人は大坂を棲家とし、おもに商人の動きに焦点を合わせ、動向を探っていた。トビタとその配下はロクジュの組と同様に、西七条をすこし東に進んだ朱雀村《すざくむら》と、その東に位置する西本願寺《にしほんがんじ》と東《ひがし》本願寺の周囲に散らばって塒を置いている。

この日、ロクジュは配下一人を連れて東海道の大津に出張り、京から街道にどれくらいうわさがながれているかを探索し、他の二人は冴と佳奈が京に落ち着いたことを小泉忠介に知らせるためと、京都所司代の動きを聞くために江戸へ向かっていた。ロクジュの配下には、いずれも足達者だったイダテンやハシリのような御庭番を集めている。おもて向き、御庭番は天一坊の件には沈黙を守っているため、冴や佳奈が直接所司代に伺いを立てることはできない。それよりも所司代の報告はすべて江戸に行っているため、江戸で小泉をとおして加納久通や有馬氏倫に訊いたほうが詳しい内容が得られるのだ。

ヤクシとトビタの組は、それぞれに丹波街道を西に踏んでいた。

そのなかの二人が野犬を一匹捕獲し、餌をやり手なずけて首に縄をつけ引いている。かれらは綱吉将軍の〝生類憐みの令〟が廃止になったときは生まれたばかりで、〝お犬さま〟の感覚は持っていない。

一同の足は一人また一人と畑地のつづく街道を過ぎ樹間に入り、灌木群《かんぼくぐん》の中に分け入って集合した。あたりに人影はない。

「ここでよかろう」

「はっ」

ヤクシの号令で一同が木につないだ野犬から離れ、配下の一人が手裏剣に安楽膏を塗り振り上げた。三間(およそ五米)ほどの距離で、標的は動いているが外すことはない。打った。

――キュン
背に命中し、犬は軽い衝撃と痛さからかかすかに吠えた。

一同は駈け寄った。犬はまた餌をもらえると思ったのか、尾をふった。

「おぉぉ」

若い御庭番たちは、その効能に声を上げた。犬が力尽きたようにその場に横たわったのだ。筋肉の弛緩《しかん》したのが看て取れる。息はあり、傷以外には痛くも苦しくもないようだ。おのれの意志では動けず、目だけがまわりの人間たちを見つめている。

――助けてくれ
言っているように思えた。若い御庭番たちが固唾を呑み、見つめているなかに、犬はコトリと逝《い》った。一人が心ノ臓のあたりに手をあて、つぶやいた。

「止まっている」

五

すでに神無月（十月）に入っている。冬を感じる。

ヤクシとトビタの知らせる内容は、表面は平穏を保っているようだが、裏では急を告げると思われるものばかりだった。二人が西蓮寺の山門をくぐるときは、目立たぬように配下は連れず、老いた行商人の風を扮《こしら》えていた。

大坂を担当するヤクシは言った。

「辻説法で将軍家の御落胤の話は、以前はあったようですが今はなく、ただ怪しげな修験者や陰陽師が鴻池や淀屋などの豪商ばかりか、小商人の商舗にまで出入りし、さらに浪人との接触もあり、その周辺を洗ったところ……」

配下らは相当こまめにまわり、生の声を集めているようだ。

「――へい、まいど。うちはご覧のとおり間口もせまい海鮮屋でおますが、へえ、もうじきお江戸の将軍家御用達も夢ではおへんで」

陰陽師が卦を立てたのか、そこを訪れると番頭が言っていた。

修験者と接触のある浪人は、

「――いやいや、修験道に入るのではない。仕官だ、仕官。それも聞いて驚くな。江戸に出て旗本に、幕臣だぞ。その道が見えてきてのう」

得々と語っていたという。

トビタも報告した。

「土御門邸を出た陰陽師や修験者たちが、頻繁に公家屋敷や大名屋敷に訪《おとな》いを入れております。訪問先もほぼ決まっており、それらが常楽院を名乗る赤川大膳と御落胤の天一坊の支援者と思われます」

当然、それら訪問先の目録はできあがっている。その目録に目を通した冴は、

「これは!」

声を上げた。顔ぶれも人数も大層なもので、天一坊を担げば将来に幕府をわがものにしてもおかしくない諸家だった。

なかでも冴の視線は、ある二家に釘づけられ、トビタもそれを口にして言った。

「伏見宮《ふしみのみや》家には陰陽師が、尾州《びしゅう》家には修験者がおもに出入りしております」

伏見宮家は、源六を抹殺しようとした安宮照子の実家であり、尾州家は御三家の一つ、尾張名古屋《おわりなごや》の徳川家である。

冴は伏見宮家もさりながら、尾州徳川家のほうにより戦慄《せんりつ》を覚えた。七代家継将軍が死去したおり、柳営内では二人の次期将軍候補がとりざたされ、後継争いが展開された。一人はむろん紀州家の吉宗であり、もう一人が尾州家の継友《つぐとも》だった。吉宗が八代将軍になってからすでに十二年を経るが、敗れた側がいまなおしこりを残していても不思議はない。

その尾州家はいまもなお継友が藩主であり、吉宗の落《お》とし胤《だね》と思われる天一坊を伏見宮家とともに後見しようとしている……。いかなる意図か。少なくとも、

（善意からではあるまい）

冴の胸中にながれ、佳奈もそれを感じ取った。

佳奈は震えを覚え、冴はトビタに厳命した。

「この目録、かまえて他言はなりませぬぞ」

「もとより」

トビタは応えた。

ロクジュが長い額を頰かぶりでおおい、綿入れを着込んで寒そうに背を丸め、久しぶりに西蓮寺の山門をくぐったのは霜月《しもつき》（十一月）に入ってからだった。配下の報告

だけでは腑に落ちず、佳奈がロクジュに直接江戸へ出向くよう依頼していたのだ。所司代や代官所の動きだけでなく、ロクジュなら小泉忠介と一緒に江戸城本丸御殿の中奥の庭先で吉宗に目通りし、佳奈の消息も伝えられ、吉宗の言葉も直接持ち帰ることができる。

板の間ではなく、奥の畳の間でごろりと横になり、

「いやあ、極楽でございます」

と、まず佳奈から肩、腰、足に鍼療治を受け、筋肉の疲れをほぐしてもらっている。江戸にあったときは、鍼も灸も療治に見せかけるためだったが、

「冴さまの前ですが、こうも年行きを重ねれば、東海道の往復も難渋しますわい」

と、いまは本物の療治で、心底からありがたがっている。

全身をほぐし、気血のながれもよくなり、

「若返りましたじゃ」

と、起き上がると、元薬込役の真剣な表情に戻った。

「やはり若い者の報告に、間違いはありませなんだ」

ロクジュは言った。柳営では吉宗からなんらの沙汰も出ず、大目付も特に京都所司代に探索を下知していないというのだ。

ただし、

「京都東町奉行の長田元隣《ながたもとただ》さま、西町奉行の本多忠英《ほんだただひで》さまも〝御落胤天一坊〟のうわさをつかみ、その扱いに苦慮し、所司代の松平紀伊守信庸《まつだいらきいのかみのぶつね》さまに指示を仰ぎ、信庸さまはやいのやいのと大目付さまに処置の指示を仰いでおいでだそうで。無理もありませぬわい」

「それでも源六君、いえ、吉宗公も大目付さまも、なんの下知もなさらぬ、と？」

「そのようにございます」

ロクジュは歳のせいか、以前の威勢のいい江戸職人言葉が消え、本来の武士言葉になっている。歳のせいといっても冴より若く、留左とおなじ世代だ。

とくに西町奉行の本多忠英などは右往左往し、所司代の松平信庸に、泣きつかんばかりに指示を仰いでいるという。

松平信庸は丹波篠山《たんばささやま》城主で、京の公家たちの抑えとして京都所司代の役職にふさわしく、東町奉行の長田元隣は二千五百石取りの大身旗本で、本多忠英も旗本だが千石取りで、今年の夏に書院番与頭《くみがしら》から京都西町奉行に赴任したばかりである。赴任と同時に御落胤のうわさに遭遇したのだから、狼狽も無理からぬことだ。

両町奉行からせっつかれ、所司代の松平信庸はお伺いを立てるため長月《ながつき》（九月）に江戸へ帰り、近ごろ京へ戻って来たばかりである。それに合わせロクジュも京へ引き返していたのだ。

「ほんに柳営の仕組のなかにあっては、皆さま苦慮されましょうなあ」

冴は同情するように言った。

御落胤の名乗りを疑ってかかり、罪人のように白洲などに座らせ吟味のかたちを取って、もし本物だったらあとが怖い。かといってもしやに備え、座敷に上げて礼を尽くしたのでは、贋物だった場合に物笑いになる。いまは〝触らぬ神〟に如《し》かずの状況なのだ。

「まったくにございます」

ロクジュが相槌を入れたのへ、冴はつないだ。

「この分では所司代も両奉行所も、陰陽師や修験者たちが出入りしている諸家の目録など、つくるには至っていますまい」

「おそらく。トビタもヤクシも、探索の陰に奉行所の手の者はまったく感じられないと言っておりましたが、同感です。所司代も奉行所も、ただ亀のように首をすぼめ、嵐の去るのを待っているように思えます」

「吉宗公も大目付どのも、なにも下知されぬとあっては、そうするより方途はありますまい」

冴が言ったのへ、ロクジュはつづけた。

「その吉宗公ですが、小泉どのと一緒に拝謁し、冴さまとお嬢にお言葉をいただいております」

「いかような！」

佳奈がひと膝まえにすり出た。

「よしなに……と」

「ふーっ」

ロクジュの返事に佳奈は肩の力を抜いた。

「まだ、あります」

「いかように」

「これはかならず伝えよ、と。済まぬ、まことに済まぬ……と」

「それで充分です、ロクジュさん」

冴が返した。

ロクジュが帰ったあと、冴と佳奈は話したものだった。

「源六の兄《あに》さん、まったく無責任な」

「源六君は動くに動けず、いまはそなただけが頼りということですぞ」

「…………」

佳奈は無言でうなずいた。

ロクジュにトビタ、ヤクシの三人が西蓮寺の別棟にそろったのは、霜月（十一月）のなかばだった。すでに冴と佳奈は、もみじの嵐山《あらしやま》も散策し雪の金閣寺《きんかくじ》も参詣し、京の町なら路地にまで精通するほどになっている。

別棟で鍼医を始めればたちまち西七条や朱雀村で評判になり、西蓮寺が住人たちから大いに感謝されるところとなるだろうが、ともかく目立つのを避けるため、鍼の技を封印し、薬研はときおり挽いたが、それを人に見られることはなく、薬草に通じていることも外に洩らすことはなかった。それは冴と佳奈にとっては心を鬼にする、きわめて辛いことだった。

三人は行商人に職人、百姓の風体だった。冬場は笠をかぶり手拭で頬かぶりもして面体を隠せるので便利だ。

奥の畳の間に五人は車座になった。この顔ぶれなら、吉宗の行状から佳奈の素性まで、隠すべきものはなにもない。

「まっこと、京の冬は底冷えがしますねえ」

「ほんに刺すような寒さでございます」

と、時候のあいさつを交わせるのも、この五人ならではのことだ。

唯一、冴と佳奈がロクジュたちに話していないのは、佳奈が葵の短刀を持参してきていることだった。使う場面がなくそのまま打ち捨てるか、それとも使わねばならない場面に遭遇するか、まだ分からない。

「きょうそなたらに、そろって集まってもらいましたのはほかでもありませぬ。事態を打開し、積極的に出るためです」

「分かりまする」

目付役の冴が用件の口火を切り、職人姿のロクジュが得心の言葉を返せば、くすり売りのヤクシと百姓姿のトビタもうなずきを見せた。

これまでにかなり詳細な目録一覧ができあがっている。配下の御庭番たちが土御門邸を出る陰陽師や修験者を一人一人尾行し調べたのだ。尾州徳川家や伏見宮家、鴻池や淀屋などのほかに、個人でつなぎのある浪人者や小商人、職人などは二百人近くなり、名も多くが分かっている。

土御門家の動きがそれだけ頻繁ということは、天一坊と赤川大膳が間違いなくその邸内にいるとの証しでもある。それらしい権門駕籠が、尾州徳川家の京都藩邸や伏見宮家の屋敷に入るのも見た。連絡を得た冴と佳奈がすぐさま駈けつけたが、天一坊も赤川大膳の姿を遠目にも確認する機会はなかった。それだけ阿闍梨の常楽院こと赤川大膳と天一坊改行こと半之助は、世間に対し勿体《もったい》をつけているのかもしれない。〝将軍家の御落胤〟のうわさは、地下に潜行するかのようにながされつづけているのだ。人為的な策というほかはない。

冴がまた言った。

「赤川大膳が、われら紀州藩の薬込役と土御門家の式神が、かつて死闘をくり返したことを知っているのか、土御門家はすでに代がかわっていようが、赤川大膳が薬込役の抜忍であることを知っているのか、それらはまったく分かりませぬ。ただ、双方の思惑が一致したうえでの、こたびの所業であることは間違いありますまい」

「それに」

と、組頭たる佳奈があとをつないだ。

「天一坊がまっこと源、いえ、吉宗公の落とし胤とするなら、こたびの所業はみずからが望んだことなのか、それとも赤川大膳や土御門家に担がれてのことなのか、そこを見きわめねばなりません。さらに、これからいかように動くのか……それも知らねばなりません。このため、わたくしと母が赤川大膳と天一坊に、正面から向かい合おうと思っております」

「ううっ」

うめきは三人同時だった。無謀かもしれない。だが真贋《しんがん》も定かでないまま事態が不気味に進行しているいま、それが最良の方途であり、またそれしかないことを、三人は解している。あるいは三人とも、冴か佳奈がそれを口にするのを待っていたのかもしれない。

しかし、

「直接、土御門邸に乗り込まれるのはいかがか」

「危のうございますぞ」

ロクジュが言ったのへ、トビタがつづけた。土御門邸の周囲は田畑ばかりで、しかも冬である。黒い荒れ土が広がるのみで、人の配置は困難だ。

「われらが邸内に忍べば、式神と手裏剣の打ち合いになるかもしれませぬ」

ハシリも言った。そうなれば、向後、冴と佳奈が、赤川大膳や天一坊と直接対面するのは不可能となる。

「分かっております。それゆえに、きょうそなたらに集まってもろうたのです」

仕掛けるための、詳細な軍議だった。

六

その数日後である。

若い配下らがすべて西七条と朱雀村の棲家に待機した。

「全員、安楽膏を用意し、各配置につかれよ」

朝方である。西蓮寺別棟で、佳奈はつなぎに来た若い御庭番に指示した。

動きはじめた。西蓮寺別棟は留守になった。冬場で田畑に人の影はなくても、行商人は出ている。枯草を積んだ大八車が、ゆっくりと西七条から西蓮寺を過ぎ土御門邸への往還を進んだ。それらは土御門邸に異変があれば、すぐさま邸内に飛び込むだろう。塀を乗り越えるなど、御庭番にとっては造作もないことだ。

いずれかの番頭か、前掛《まえかけ》姿の老いたお店者《たなもの》が若い手代風の男を連れ、土御門邸の正面門をたたいた。ロクジュとその配下だ。ふところには手裏剣を忍ばせている。

脇門が開き、顔を出した揉烏帽子《もみえぼし》に水干《すいかん》姿の門番へ、番頭風は取次を依頼した。

「常楽院さまに、霧生院家の遣《つか》いで参りましたと伝えてくだされ。きっと会《お》うてくれはるはずです」

断定的な言いように、揉烏帽子の門番は驚いたように首をかしげ、

「しばらくお待ちを」

奥へ走ったが、板戸を開けたままである。不用心だ。ロクジュは配下と顔を見合わせ、いくらかの安堵を覚えた。土御門家は、自邸が何者かに打ち込まれたり、忍びの者に入り込まれたりすることを想定していないようだ。

常楽院が赤川大膳なら、〝霧生院〟の名へ即座に反応するはずだ。

反応した。すぐに揉烏帽子が母屋から走り出てきて、

「い、いま常楽院さまは不在にて、あすまたお越し願いたいと言うてはります。それに、書状などがあれば、受け取って来よ、と」

ロクジュは内心吹き出した。揉烏帽子は、常楽院の言葉を伝えているのだ。

「さようですか。ほな、あしたまた来させてもらいます。書状はおまへん」

と、ロクジュは配下をうながし、きびすを返した。枯草の大八車や行商人らは、まだゆっくりと動いている。

「さあ、ここからだぞ」

「へえ」

ロクジュが低く言ったのへ、配下の御庭番は商家の手代の口調で応じた。

土御門邸から梅小路を北へ進み、西蓮寺の門前を経て西七条の集落から七条通りを東に進み、朱雀村を経てさらに歩を取れば両脇から田畑は消え町場となる。西本願寺と東本願寺を中心にした一帯で、碁盤の目のように小路が組まれ、西本願寺と東本願寺は四丁(およそ四百米)ばかり離れているが、その中ほどに双方を分けるように西洞院川《にしのとういんがわ》が南北に流れ、その川辺の広い往還を西洞院通りといった。その通りを北へ進めば、左手に二条城、右手に御所が位置し、いわば西洞院通りは京の中央を南北に貫く大通りといえた。

およそ一刻(およそ二時間)ばかりを経たあと、ロクジュは西洞院川に面した茶屋に入った。すでに部屋を取り、待っていたのは冴と佳奈だった。裕福な女隠居とその付き添い人のいで立ちである。ロクジュと前後するように、町家の隠居の風体を扮《こしら》えたトビタとヤクシも顔をそろえた。となりを空き部屋にしなくても、川の流れの音が話し声を消し、襖《ふすま》越しに盗み聞きされる心配はない。

ロクジュの話す土御門邸の門番の対応には冴も佳奈も吹き出し、

「その門番、常楽院が邸内にいることを教えてくれましたなあ。〝霧生院〟に対する反応の速いのは、抜忍の赤川大膳が常楽院だからでしょう」

「それに、半之助が天一坊であることも証明されたような」

言ったあと二人はすぐ真顔に戻った。

トビタとヤクシも、それぞれの配下の報告をまとめた。

「すぐに屋敷から修験者二人が出てロクジュたちのあとを尾《つ》け、西本願寺の裏手の小路で撒《ま》かれ、西洞院通りあたりまでもうろうろしたあと、屋敷に引き揚げました」

もちろん、尾行を予測したロクジュと配下の者が、七条通りを町場に入ってから小路を幾度か曲がって撒いたのだ。

「そのあとです。土御門邸からは十人ほどの修験者と式神が飛び出し、この西洞院通りを中心に四方へ散りました」

修験者は一目でそれと分かり、式神は簡易な茶筅髷《ちゃせんまげ》で絞り袴を着けている。探索だが、無駄である。ロクジュとその配下を見たのは門番一人であり、さらにロクジュは〝霧生院家の遣い〟と告げただけで、それを命じた者の所在はむろん、男か女か年寄りか若いかも口にしていないのだ。

土御門邸の中のようすが目に見えるようだ。〝霧生院家の遣い〟の者を見失い、すごすごと戻って来た修験者二人を赤川大膳は罵倒し、すぐさま式神の手も借り十人もの探索組をくり出したのだろう。

もしこのとき、西七条や朱雀村で、西蓮寺に腕のいい女鍼医が投宿しているとのうわさがながれていたなら、修験者や式神たちの耳に入ったかもしれない。そこは土御門邸から町場に出る通り道になっているのだ。それを修験者や式神が土御門邸に戻って告げたなら、赤川大膳は紀州藩薬込役の本質から、なにごとかを感じ取り、相応の手も打ったであろう。

だが、集落で寺の別棟に寄宿する年経《としふ》った女二人の存在など気にとめる者はなく、式神や修験者が注意を向けることもなかった。

最初の仕掛けに赤川大膳は乗り、正体をあらわした。つぎは冴と佳奈が直接、赤川大膳と天一坊に会うばかりである。

「それではロクジュさん。あしたまた頼みますぞ。トビタさんもヤクシさんも、配置をよろしゅうに」

言ったのは佳奈だった。

「はーっ」

三人は畳に両の拳《こぶし》をついた。

西蓮寺へ帰るのに、もちろん西洞院通りの茶屋を出てから、修験者や式神たちの目が尾《つ》いていないか、細心の注意を払った。

あとは冴と佳奈が直接、赤川大膳と天一坊に会う策が待っている。そこで真贋を再確認し、その存念を探るのだ。

一日を経た、おなじ朝の時分である。

きのうとおなじ商家の番頭風を扮えたロクジュが、土御門邸の門をたたいた。おなじ手代風の若い御庭番が一人随っているのも、きのうとおなじである。

「きのう参りました、霧生院家の遣いの者でおます。常楽院さまにお取次ぎを」

「し、しばらくお待ちを」

門扉《もんぴ》が開かないまま、慌てたような門番の声が聞こえ、足音の遠ざかるのが感じられた。急ぎ母屋《おもや》に走ったのだろう。

すぐだった。複数の足音が近づき、脇門が開いた。二人の顔がのぞいた。いずれも揉烏帽子に水干の門番ではなく、絞り袴に茶筅髷の式神だった。

ロクジュと若い御庭番は中に招じ入れられ、一人の式神が素早く門外に出てあたりを見まわした。その視界に、炭俵を積んだ大八車と行商人の姿が目に入った。さらに薪《まき》を背負った百姓衆の姿も……。

（来ているな。それにしても、多い）

式神は覚《さと》ったようだ。その報告は、すぐさま常楽院こと赤川大膳に入るはずだ。手の者が出張っていることを赤川大膳に覚らせるために、冴はそれらの人数を配置したのだ。きょうも冴と佳奈は出かけ、西蓮寺別棟は留守になっている。

ロクジュと若い御庭番は、母屋の正面玄関を入ってすぐの客ノ間に通された。

二人は顔を見合わせ、うなずきを交わした。廊下にも隣室にも、人の気配があるのだ。緊張して息を殺している気配だ。正面門に出て来た式神も含め、それらはきのう町場で撒かれたことへのいまいましさを胸に秘めていることだろう。さきほどの式神も、そういう目付きだった。

常楽院こと赤川大膳はすぐに出てきて、番頭風のロクジュと対座すると、

「きのうは失礼つかまつった」

と、鄭重《ていちょう》な言葉遣いをつくった。修験者の装いで、年勾配は冴より十年ほど若いか、ロクジュたちと似て還暦前後に見える。赤川大膳が抜忍になったとき、二十歳前後だったというのと符合する。目つきが鋭く、若いころから修行と鍛錬を積んだ雰囲気が、その表情からも立ち居ふるまいからも感じられる。

（ふむ）

ロクジュは内心うなずいた。

手代風の若い御庭番はロクジュの斜めうしろに端座の姿勢を取っているが、ロクジュと赤川大膳は胡坐居《あぐらい》に足を組んでいる。これが作法なのだ。端座なら対手へ不意に飛びかかることができる。胡坐ではそれができない。だから胡坐は、敵意はないとの意思表示となる。ということは、手代風が端座になっているのは、警戒感を示していることにもなる。

常楽院こと赤川大膳は、その手代風をちらと一瞥《いちべつ》し、番頭風に向かい、

「して、いかなるご用向きでござろう。霧生院家とは聞きなれない名でござるが」

「はて、異なことを申されまする」

ロクジュは武士言葉になった。斜めうしろの者も含め二人がお店者でないことを、赤川大膳はすでに見破っていよう。きのうは配下の修験者がこの二人に撒かれているのだ。さらに、外に得体の知れない影が複数うろついているとの報告も受けている。

ロクジュは対手の反応を待つように言葉をつづけた。

「其許《そこもと》が霧生院家をご存じないとは不思議な、赤川大膳どの」

「うっ」

本名を呼ばれた大膳はかすかにうめき、胡坐のまま身構えた。

「おっと、大膳どの。もしわれらが時を経ても出て来ぬ場合、この屋敷が戦場《いくさば》とな

ります。そうなればお許が土御門家に迷惑をかけることになりますまいか。そこをよく ご思案ありたい」

言いながらロクジュは視線を襖《ふすま》に這《は》わせた。

「異なことを申されるとは其許《こと》のほうじゃ。なにぶん当屋敷には人が多いゆえのう。あらぬ誤解も受けもうす。それよりも、さきほどの呼び名はなんでござろう。身許《みども》のことでござろうか」

「霧生院家のお方は、大膳どの」

と、ロクジュは赤川大膳の問いを無視し、

「紀州田辺《たなべ》の半之助どのに会いたがっておいでなのじゃ」

「ううっ」

「ともかくきょう午《うま》の刻（正午）、錦小路《にしきこうじ》の亀薬師《かめやくし》門前の紫屋《むらさきや》にお越し願いたい」

「うぐっ」

赤川大膳は返答に詰まった。〝田辺の半之助〟とはまぎれもなく天一坊なのだ。ここで〝霧生院家のお方〟とはどなたのことかなどと問い返せば、自分が薬込役抜忍の赤川大膳であることを認めたことになる。

狼狽する赤川大膳にロクジュはさらにかぶせた。

「かならず半之助どのを同道されよ。お越しになれば、半之助どのと同様、隠れた血脈のお方にお会いなさることになりましょうぞ」

「えっ、紀州家の？」

思わず大膳は口に出し、

「あっ」

と、かすかな声を洩らした。白状してしまったのだ。すかさずロクジュは追い打ちをかけた。誘い水でもある。

「それでは身許らはこれで。あ、そのまえに大膳どの。きのうのように尾行は無駄と思われよ。其許には鴻池や淀屋はむろん、尾州家や伏見宮家まで巻き込んでの大望がおありの由《よし》。ここでみょうな騒ぎを起こすのは得策ではありますまい。霧生院家のお方も隠れた血脈のお方も、それを望んではおられぬゆえ」

「ううううっ」

配下をうながし部屋を出るロクジュを、赤川大膳はうめき声で見送った。

尾行はつかなかった。そこにロクジュはあらためて感触を得た。赤川大膳は天一坊を含めおのれの所業も素性も丸裸にされていたうえに、遣いの者は紀州家と思われる血脈まで持ち出し、行けば利のありそうなことを言い残した。大膳の胸中には、すでに警戒よりも興味がさきに立っていた。

きのうの店ではないが、すぐ近くでやはり西洞院川のせせらぎが、話し声の洩れるのを防いでいる茶屋の一室である。冴と佳奈が座している。

ロクジュの報告を受け、

「ロクジュさんの得た感触に、間違いはないようですね」

「半之助どのも来ましょうか」

冴が言ったのへ佳奈がつないだ。

話しているところへ、トビタとヤクシが部屋に入ってきた。

「尾行はつかず、大勢の者が町場へくり出すこともありませんでした」

「ただ修験者が一人、尾州さまの屋敷に走りました。しばらく待ちましたが、出て来ませぬ。おそらく、そのまま留まっているものと思われます」

と、それぞれ報告をした。

西洞院通りを北へ進み、東西に走る三条通りを越せば二条城と御所はすぐ近くとなる。ロクジュの指定した錦小路は、三条通りのすこし手前を東西に走っている。それを東に折れてすぐのところに亀薬師があり、紫屋はその山門に向かい合うように暖簾《のれん》を出している、格式の高い料亭である。

その亀薬師と紫屋を通り越し一丁（およそ百米）ほど進んだところに、尾張徳川家の京藩邸がある。いわば西洞院通りから東手の錦小路《にしきこうじ》は、尾州徳川家の庭のようなものであり、そこにある料亭を冴たちは指定した。赤川大膳に安心感を与えるためである。なにか騒ぎがあれば、藩邸からすぐさま応援が駈けつけるだろう。土御門邸から尾州家藩邸に走った修験者は、その打合わせだったのだろう。

きょうの朝に告げて午《ひる》に会う。相手方に紫屋へ手をまわすなどみょうな小細工をする余裕など与えないための策だった。

「きっと来ます。わたくしたちも用意を」

「はい、母上」

冴が言ったのへ佳奈は返し、ロクジュらは部屋を出た。

佳奈が小袖《こそで》を着替え、武家の妻女のように扮《こしら》え、一人が打掛を着けすぐだった。

トビタが襖の外から声をかけた。

「四枚肩《しまいかた》の権門駕籠が二挺、たったいま土御門邸を出ました。供には修験者四名と式神四名。いずれも手練《てだれ》の者と思われます」

「分かりました。それでは、わたしたちも」

冴と佳奈は立ち上がり、武家の中間《ちゅうげん》姿を扮えた若い御庭番が二人、供についた。

西洞院通りの茶屋から錦小路は近い。権門駕籠は、ゆっくりと歩を進めていることだろう。

七

離れに部屋を取り、他の部屋に客はいない。贅沢《ぜいたく》な部屋の取り方だが、これがおもて立った徳川の血脈なら、紫屋を丸ごと借り切るところだろう。ロクジュらは母屋のほうの部屋に待機している。赤川大膳たちもそうすることだろう。

午の刻を小半刻(およそ三十分)ばかり過ぎたろうか。

「お連れはんお二方がお見えどす」

襖の向こうに女将《おかみ》の声が立った。

冴と佳奈は身づくろいをして襖の開くのを待った。

開いた。

「これは!」

声を上げたのは修験者姿の赤川大膳だった。古風な直垂《ひたたれ》姿の天一坊こと半之助も棒立ちになったまま目を丸くしている。座敷に座していたのは、打掛を着けた品のいい高禄武家のご母堂に妻女といった風情の女性《にょしょう》が二人である。先入観であろう、赤川大膳も天一坊も、相手は男とばかり思っていたのだ。赤川大膳などは〝霧生院〟と聞いたときから、〝一林斎〟が念頭にあった。

冴は赤川大膳を、佳奈は天一坊を凝視した。二人とも年勾配は実際の年齢にぴたりと合い、赤川大膳に冴はすぐさま四十二年前に戦ったときの面影を見いだし、佳奈は今年三十歳で大柄な天一坊から、源六こと吉宗の面影を感じ取った。

数呼吸、双方無言の対面をつづけ、

「さあ、お二方。お座りくだされ」

冴に言われ、赤川大膳と天一坊はようやく座布団のならべられている座に胡坐居を取った。

冴は赤川大膳をさらに見つめ、

「久しいのう、大膳どの。わたくしをお忘れか。無理もない、あれから四十二年じゃ」

「ま、まさか……お手前さまは、霧生院家の、冴どの……？」

「いかにも、霧生院冴じゃ」

「ならば、一、一林斎さまは……」

「もう、鬼籍《きせき》に入っております」

「さ、さようでございますか。長い歳月が、経ちましたからなあ」

「そう、長い年月が経ちました」

二人のあいだには、怨讐《おんしゅう》よりも懐かしさが込み上げている。互いに感じる長い歳月が、そうさせているのだろう。だが冴は、そこに流されているわけではない。

「して、こちらの女性《にょしょう》は？」

赤川大膳は、佳奈に視線を向けた。

冴が応えた。

「にわかに思い出せないのも無理からぬこと。過ぎた歳月を差し引いてみなされ」

言われた大膳は、なおも佳奈を凝視し、言われたとおり、佳奈から長い歳月を差し引いたか、

「えっ、そんな！　まさか!?」

座布団をはねのけるようにうしろへ飛び下がり、

「お生まれなさいましたのか！」

ようやく佳奈に、由利の面影を見いだしたのだ。美貌であったがゆえに、記憶に残っていたのだろう。

「そのとおりじゃ。名は、佳奈とつけております、わたくしの子として」

「えっ」

大膳はふたたび驚いた表情になり、

「はーっ、佳奈さま」

両こぶしを畳につき、平伏した。紀州徳川家の姫であり、しかも腹の子もろとも殺害しようとした相手なのだ。だが、安楽膏を塗った手裏剣を由利に打ち込んだのは自分ではない。それは一林斎が知っており、その者はその場で一林斎に斃《たお》されている。

「よいよい。もう昔のことじゃ」

「はーっ」

大膳は顔を上げ、なりゆきに茫然としている天一坊に向かい、

「このお方は、其許《そこもと》の叔母上にあたるお方ぞ。そなたの父君、吉宗公の妹君じゃ」

「えっ」

天一坊は佳奈に視線を釘づけた。

佳奈はにこりと微笑みかけた。心中に、甥《おい》であることを確信したのだ。だが天一坊

は、いま起こっている事態が呑み込めない表情だ。無理はない。まったく予期せぬ出来事に遭遇したのだ。

それを察した冴は言った。

「大膳どの、すべては過ぎ去ったこと」

「そのとおりです」

佳奈がつないだ。佳奈の、この言葉の意味は大きい。佳奈にとって赤川大膳は、自分を母親の由利ともども殺そうとした人物なのだ。

「さあ、大膳どの」

冴は言葉をつづけた。

「そなたの抜忍の件ものう。お互い、現在《いま》を知るため、忌憚《きたん》のないところを話してくだされ。さすれば、わたくしも包み隠さず申しましょうぞ。佳奈と天一坊どのは、どうやら似た境遇ゆえのう。それゆえ将軍家御落胤のうわさを聞き、そなたにつなぎを取ったしだいじゃ。さあ、大膳どの」

「はーっ」

大膳は顔を上げたまま返し、話しはじめた。冴の言った〝すべて過ぎ去ったこと〟もさりながら、〝似た境遇〟がことさらに効いたようだ。

「ならば話そうぞ。和歌山を出奔《しゅっぽん》して以来、修験道で諸国を行脚《あんぎゃ》するなかに、田辺で生きるに窮《きゅう》した茂与という女から、半之助なる童《わらべ》を託《たく》され、茂与どのの話と所持していた書付を見て驚きもうした。なんと新之助頼方さまの御落胤ではござらぬか。茂与どのはそのあとすぐ息を引き取り、わしは半之助どのの将来を思って出自《しゅつじ》を伏せ、大峯山の金峯山寺に連れ帰り、天一坊改行と新たな名をつけ、今日の仕儀に至ったしだいじゃ」

これまでの御庭番の探索と、いちいち符合している。ここにも嘘はないようだ。

大膳は当初の驚きから脱したか、落ち着いた表情になり、

「天一坊どのに出自を明かしたのは、つい最近のことでござる」

天一坊はうなずいた。これも、嘘ではないだろう。

「なにゆえ」

佳奈は問いを入れた。きょうの目的の一つである。

「時が至ったゆえじゃ。吉宗公は将軍家におなりあそばし、天一坊は山深い里の修験者。理不尽ではござらぬか。血が許すまい。しかるべき処遇があらねばなるまい。わしはただ、その手伝いをしているのみでござる」

赤川大膳の返答に、佳奈は嫌悪を感じた。

「天一坊どの、そなたもさようにお考えか」

「わた、わたくしは、そうあってもよいかと。いや、そうあらねばならぬ、と」

佳奈の問いに、天一坊は応えた。だが、そこに戸惑いのあるのを、冴も佳奈も感じ取った。

「そう、そうあらねばならぬのじゃ」

大膳は念を押すように言い、

「さあ、つぎは冴どのの番でござるぞ」

「申しましょう」

冴は疑念を抑えてさらりと返し、話しはじめた。

「ご簾中の照子さまの目を逃れるため、出生《しゅっしょう》を隠し、和歌山を離れ一林斎とわたくしの子としてのう」

「いずれにて」

金峯山寺に入った赤川大膳は、その後の江戸でのようすを知らない。

「訊きますまいぞ、大膳どの。関わりを持ち、支障の出る諸家もありますゆえのう。したが、世に埋もれても血脈は消えませぬ。そこのところは、天一坊どのの境遇と似ておりましょうなあ」

「ふむ」

赤川大膳は得心のうなずきを入れ、つぎの冴の言葉を待った。

冴はつづけた。

「そなたらは世に名乗りを上げられた。よってわたくしたちも、おなじ境遇の者として、そなたらの面前に出たしだい。なれど、世間には名乗りは上げませぬ。そこはお含みおき願いたい」

「ふーむ」

「そこで再度訊きますが、なにゆえ」

探る目つきを、冴は赤川大膳に据えている。

大膳は応じた。

「さきほども申したとおり、世の理不尽を正すためでござる」

「ならば訊きますが、ご簾中の照子さまとわが薬込役の経緯には、そなたも渦中の人であったゆえ知らぬはずはありますまい。そこから、照子さまと伏見宮を通じての土御門家との関わりも熟知しているはず。さらに紀州家と尾州家の将軍位をめぐっての軋轢《あつれき》も、たとえ修験道に入っていたとはいえ、知っておいでのはず。そのうえで、そなたらは土御門家と尾州家の庇護を受けておいでか」

「庇護ではござらぬ。合力《ごうりき》をしてもろうておるだけじゃ。由緒ある血脈の天一坊が、しかるべき処遇を受けるためにのう」

「危《あぶ》のうございますなあ。尾州家も土御門家も木石《ぼくせき》ではありませぬぞ。なんらかの思惑があってのこと。鴻池も淀屋も天満屋も、見返りを求めてこそ、火中の栗を拾おうとしているのではありますまいか」

「ふふふ、冴どの、佳奈さま。ご懸念には及びませぬわい。ひとたび願いが成就すれば、慥《しか》とした玉《ぎょく》の前には、邪《よこし》まな思惑などいかようにも抑えられましょうぞ」

「そこまで言いやるなら、天一坊どのが玉たる血脈を示すものをお持ちか。そなたの話す経緯のみにては、ちと力が足りませぬぞ」

「申されましたなあ。よろしい、ご覧に供《きょう》しましょう。お見せするか否《いな》かはこの場にて決めようと思うておりましたが、ご披見《ひけん》くだされましょう。さあ、天一坊どの」

「分かりました」

天一坊はうなずき、ふところから封書にした書状を取り出し、

「これでござる」

披露した。

冴は手に取り、佳奈も見た。

確かに、源六の筆跡である。向後の身のふり方には〝いかようにも応じる〟とした内容も、宛名も日付も〝松平新之助〟という署名も紙質の悪さも、すべて佳奈が源六こと吉宗から聞いたとおりのものである。

「間違いありませぬなあ」

佳奈は言い、さきをつづけた。これが佳奈の、きょうの正念場である。

「これを吉宗公が認《したた》められたときのようすを、大膳どのは茂与どのからお聞きのことでしょうなあ」

「いかにも」

「わたくしは、紀ノ川上流の杣小屋《そまごや》と聞いております。出逢いは雨に打たれた日、馬から落ち、手負いとなった松平新之助さまを、茂与どのは身分を知らず、ねんごろに介抱なされたよし」

「そ、そこまでご存じとは！　なにゆえ」

「うふふ。妹であれば……のう。それでは、母上」

「はい。後日、そなたにも天一坊にも、またお会いすることもありましょう」

佳奈にうながされ、冴は手を打って女将を呼び、羽づくろいをするように打掛の襟に手をあて、佳奈とともに立ち上がった。

「ああ、待たれよ。話はこれから」

引きとめようとする赤川大膳を尻目に、冴と佳奈は悠然と部屋を出た。

これには紫屋の女将も驚いたようだ。二人そろってまったくの中座といってよい。策であった。赤川大膳と天一坊の真贋が確認できれば、こちらの本物であることを思わせる材料を示したうえで、さっさと退散する。大膳に野心があれば、〝吉宗の御落胤〟に加え、〝吉宗の隠れた妹〟といった、味方にすればこれほど強力な武器を見逃すはずはない。なんらの言質《げんち》も与えないまま中途で引き揚げれば、あとを追うように大膳は再度のつなぎを待ち望むはずである。

「――そこに、大膳や天一坊の存念が、明確に見えてきましょう」

「――それに、尾州家や土御門家の思惑も、より鮮明に」

と、西蓮寺の別棟で冴と佳奈は語り合い、それをロクジュ、トビタ、ヤクシにも徹底していた。

冴と佳奈が紫屋の玄関に出ると、町駕籠が二挺、すぐに用意された。供の中間もついている。ロクジュが差配したのだ。

まだ驚いた表情の女将や番頭、仲居らに見送られ、駕籠舁き人足のかけ声とともに駕籠尻は地を離れ、錦小路を西洞院通りとは逆の烏丸《からすま》通りのほうへ向かった。

大膳も天一坊も、待て待てと玄関まで追いかけて出るような、みっともないことはできない。不意のことに、供の修験者や式神たちに追跡させることもできない。だが、駕籠がどちらの方向に向かったかは訊けるだろう。あとでその駕籠屋を探しだすことも可能だ。

駕籠二挺は烏丸通りで右と左に分かれ、さらに別の小路に入ると冴も佳奈も駕籠を捨て、また他の駕籠に乗り、供も中間から商家の手代風に変わり、幾度か角を曲がり、さらにまた駕籠を替えた。それらはトビタが差配している。

ここまですれば、修験者や式神が京都中の駕籠屋をあたっても、足取りを追うのは無理だろう。ふたたび撒かれたのを実感するのみである。

まだ陽の落ちる前である。冴と佳奈がそれぞれに朱雀村に入ったときには、衣装は町場の女隠居とその付添い女のものになっていた。近くに出かけ帰ってきた風情だ。西七条通りも村の中では人通りも少ない。商家の番頭風の男がそっと近寄り、ささやいた。ヤクシだ。

「尾けている者はおりません。西七条にも変わったことはありません」

冴はかすかにうなずきを返した。

西蓮寺の別棟に戻ると、さっそく手焙《てあぶ》りに火を入れ、

「やはり、間違いありませんでしたねえ。大膳も半之助どのも」

「だけど半之助さん、天一坊などと呼ばれ、まだ迷っておいでのような」

「そう。赤川大膳が半之助どのを茂与どのから託されたとき、これはやがて使えると思って引き受けたなら、大した悪党と思わねばなりません」

「許せませぬ、源六の兄《あに》さんの血脈を、おのれの迷妄《めいもう》に利用しようなどとは」

源六の血脈は、佳奈の血脈でもある。

騙《かた》りであって欲しいとの、一抹《いちまつ》の望みは潰《つい》えた。

そこに佳奈は、動悸の高鳴るのを覚えざるを得なかった。

赤川大膳は、佳奈の現われたことにより、動きを速めるはずである。

四　決着

一

極月《ごくげつ》（十二月）に入った。この月は公家も大名家も各種の行事に追われ、慌《あわ》ただしさは新年睦月《むつき》（一月）の下旬までつづく。

「母上、あまり無理をなされぬように。風邪など引かれたらどうします」

と、各種の祭礼を精力的に見に行こうとする冴を、佳奈はたしなめていた。健康への気遣いには怠りのない二人だが、なにぶん冴は高齢である。

この間、土御門家に人の出入りは激しく、監視する側には逆に気を抜くことができた。それらのほとんどが年末年始の諸行事に関するものであれば、出入りする者にいちいち張りついておられないのだ。だが、ロクジュ、トビタ、ヤクシらが手を抜いていたわけではない。押さえるべきところは押さえていた。

冴と佳奈が錦小路の紫屋で赤川大膳と天一坊に会ってから一月《ひとつき》ほど、土御門邸から修験者と式神がつぎつぎと京の町にくり出し、冴と佳奈の探索をしていたことは、トビタの配下がつかんでいた。灯台もと暗しか、西七条の西蓮寺になんの変化もなかったのは、それらの探索に成果のなかったことを示している。その探索の過程に、〝将軍家の妹君〟のうわさは立たなかった。おそらく赤川大膳のなんらかの意志によって、それは伏せられたのだろう。

――暫時《ざんじ》秘密にし、然《しか》るべき手を打って天一坊のうしろ盾と成すそのような算段なのだろう。

土御門邸から町にくり出した修験者と式神たちは、

「〝高貴な老いた女性《によしよう》と、その娘らしき品のある四十がらみのお方〟を探索しております」

京を探索範囲としているトビタが、幾度か西蓮寺へ知らせに来た。

五条《ごじよう》の大通りと清水寺《きよみずでら》の境内で、冴と佳奈はそれらしい修験者や式神とすれ違ったことがある。極月の雑踏のなかで、

「式神さんたち、くノ一は出ていないようですねえ」

「差配が、照子さまか大膳どのかの違いでしょう」

と、低声《こごえ》で交わしたものだった。


「どうもおかしゅうございます」

と、大坂を探索の範囲にしていたヤクシが、西蓮寺別棟に顔を出したのは、享保《きょうほう》十四年（一七二九）が明け、その睦月《むつき》（一月）も下旬に近づき、町々から注連縄《しめなわ》も門松も消え、世間が新春の落ち着きを取り戻したころだった。

土御門邸から、修験者も式神もくり出さなくなっていた。探索をあきらめたか、

「――動きがなさすぎる。天一坊どのも大膳どのも、他所に移動したのでは」

「――もう一度、仕掛けてみますか」

と、話し合っていたときだった。

江戸おもての小泉忠介から、気になる知らせがあった。

御三家が年賀の挨拶で江戸城に伺候《しこう》したとき、吉宗が老中たちの前で尾州公の継友《つぐとも》を面罵《めんば》したというのだ。

「――尾州は余の意をなんと心得おるか！　簡略節倹の令を無視し、城下に淫靡《いんび》驕《きょう》奢《しゃ》をはびこらせるは、偏《ひとえ》に藩主の心得の悪しきが元凶とみるがいかに」

と、諸国に取りざたされている名古屋城下の〝風俗華美〟を叱責したのだ。

小泉は符号文字で、

――継友公に畏《おそ》れ入るようすなし
と、認《したた》めていた。加納久通《ひさみち》か有馬氏倫《うじのり》から仕入れたのだろう。

冴は土御門家に赤川大膳と天一坊が寄留《きりゅう》していることを知らせ、尾州家の名も記したが、とくにそこには〝一読火中〟と注意書きをしておいた。だから尾州家関与の件は久通にも氏倫にも、さらに吉宗にも伝わっていないはずだ。冴も佳奈も、この騒動の累《るい》が及ぶのは最小限に、できれば赤川大膳と天一坊の周辺だけにとどめようとしている。だから〝一読火中〟としたのだ。

そこへ小泉は、わざわざ吉宗の継友叱責を知らせてきた。小泉は、尾州家が積極的に吉宗に対抗しようとしていると判断したのかもしれない。

「――考えられますねえ」

「――はい。根は深いような」

と、冴と佳奈は、深刻な表情で話し合った。尾州名古屋城下の〝風俗華美〟のうわさは京地にもながれており、冴も佳奈も別段気にはとめなかった。だが、小泉の文によって、それが気になりはじめていたときである。

西蓮寺別棟の奥の部屋に上がったヤクシは、行商の薬売りを扮《こしら》えている。元薬込役たちの、最も得意とする変装だ。

「おかしいとは、いかように」

冴が真剣な表情で問いを入れ、ヤクシはいつものことながら佳奈の淹《い》れた茶を恐縮の態《てい》で口に運び、

「年が明けてからでございます。かねてより目をつけていた浪人や小商人たちがつぎつぎと姿を消し、その数は確認しただけでもすでに三十人を超え」

「なんと！」

佳奈が驚きの声を上げた。

（動きだした）

胸中にその感触が走ったのだ。実数は倍以上であろう。

「詳しく」

冴がうながし、ヤクシはつづけた。

「家人に聞き込みを入れても言葉を濁すのがほとんどのなかで、〝江戸へ〟というのが幾人かおりました。裏店《うらだな》住まいが長い、ある浪人の妻女は〝さるお人の知遇を得て〟と、ホッとした表情で言ったとのことです」

「さるお人とは、赤川大膳か天一坊のことですね」

「そう思われます」

確認するような佳奈の問いにヤクシは返し、さらに、

「その動きはまだやまず、そこで新たに消えそうな浪人を見張り、尾行しましたところ、淀川《よどがわ》に沿った往還を上り、枚方《ひらかた》から脇街道に入って東海道の大津の宿《しゅく》に入りました。さらに目をつけていた古着の行商人を尾《つ》けますと、これもおなじ道をたどり大津に入りました。そこで大津に塒《ねぐら》を置いているロクジュにつなぎ、いまロクジュの差配でそれらの行く先を追っております。おっつけ、ロクジュから報告が入りましょう。このほかにも、新たに動きそうな者を数人つかんでおります。目を離さず動向を追うつもりです」

「よろしゅう頼みますぞ。鴻池や淀屋、天満屋などはもうよろしい。浪人や小商人の動きに張りついてくだされ」

佳奈は下知《げじ》した。大きな商家は人の出入りが多く、そこに赤川大膳や土御門家と関連がある者を探り出すのは、内部に人を入れない限り不可能だ。尾州家など大名家の動きも同様である。

佳奈の差配に冴は肯是《こうぜ》のうなずきを見せた。一林斎が陣頭指揮に立っていたとして

も、おなじ下知をしたことだろう。

百姓姿で薪《まき》を背負ったトビタが、急ぐように西蓮寺別棟の戸を叩いたのは、ヤクシが大坂から来た二日後だった。トビタは背の薪を下ろし、土間に入るなり、

「京地を担当しながら、迂闊《うかつ》でございました。申しわけありませぬ」

深ぶかと詫《わ》びを入れた。そこに異変を察した佳奈は、

「こちらも話したいことがあります。ともかく上へ」

奥の畳の部屋にいざなった。奥の部屋では冴が迎え、トビタは座につくなり、

「赤川大膳と天一坊どの……すでに土御門邸におりませぬ」

「やはり、そうでしたか」

と、佳奈は驚いたようすも見せず、冴もおなじだった。予期していたように言ったのは、詫びるトビタへの配慮もある。それに、事態が動き出したからには、赤川大膳と天一坊に動きがあってもおかしくない。

トビタは、土御門邸に修験者や式神の出入りが少なくなったのを、冴と佳奈の探索をあきらめたせいと思っていた。ところが配下のお庭番が薪売りや小間物売りを扮えて邸内に入り、下男や下女たちに聞き込みを入れたところ、

「――あの奇妙な客人《まろうど》はんら、もう邸内にはいてはらしまへんで。いつからというた

かて、知りまへんがな。二、三日前のことやおへんか」

飯炊きの爺さんが言ったという。その御庭番は、敢えて行く先は訊かなかった。訊いても知らないだろうし、みょうに思われるだけだ。

佳奈はヤクシの探索した内容を話し、

「行く先は東海道に相違ありません。トビタさんは配下一人を連れて大津に行き、ロクジュさんを助《す》けてください。あとの二人は大坂にまわし、ヤクシさんの助っ人に入れてください。わたくしたちも準備がととのいしだい、大津に移ります」

と、トビタへ下知し、

「母上」

視線を冴に向けた。この下知は佳奈が即座に決断したもので、視線は事後承認を求めたものだった。

天一坊が世に名乗りを上げたとき、その家臣団になるのは、これまでつないできた浪人や小商人たちであろう。影のうしろ盾は尾州徳川家で、資金源は鴻池、淀屋、天満屋などの豪商を中心とした大坂、京の商人らであることに、

(間違いない)

すでに冴と佳奈は確信している。

つぎつぎと姿を消している家臣団予備軍が向かった先は、確認したのは数名だがすべてが東海道であることも、容易に想像ができる。

冴は横顔に佳奈の視線を受けながら、トビタに言った。

「組頭の下知は、さきほどのとおりです」

「承知」

トビタは両こぶしを畳についた。

二

如月《きさらぎ》（二月）に入ってすぐだった。

冴と佳奈がすんなりと西七条から消えることができたのは、腰痛の年寄りや風邪をこじらせて苦しむ者や難産の女を見ても、心を鬼にし、鍼と薬草と産婆の技に封印していたからだった。ひとたび情にながされ封印を解いていたなら、そこに住みついてからすでに半年が過ぎており、冴と佳奈の存在は、西蓮寺にとっても、西七条や朱雀村の住人にとっても、なくてはならないものになっていたことだろう。

西蓮寺への挨拶だけで西七条を離れるとき、

（申しわけありませぬ）

冴と佳奈は土地《ところ》の住人に心中で詫び、足取りは重かった。京地を離れると、すぐに心の切り替えをしなければならない。まず大津を過ぎ瀬田《せた》の大橋を渡り、草津《くさつ》に入った。ここから中山道《なかせんどう》が分岐しているからだ。

陽はまだ高かったが、旅籠に草鞋《わらじ》を脱いだ。京に入るとき大津の本陣に旅装を解いたが、いまは本陣も脇本陣も避け、それでも草津では屈指《くっし》の藤屋《ふじや》に入った。来たときとは異なり、赤川大膳と天一坊の足跡《そくせき》を追っての探索行だ。対手には修験者に土御門家の式神が加わっており、どこでどのような戦いが始まるか分からない。おいそれと本陣に泊まるわけにはいかない。冴と佳奈は商家の女隠居とご新造《しんぞ》の風をつくり、手代に扮した若い御庭番が一人随《したが》っている。屈指の旅籠に入ったのは、式神を擁した赤川大膳の目が、どこにあるか知れないからだ。大膳に対しては、つねに格式の高さを見せておかねばならない。

藤屋の一室にロクジュ、トビタ、ヤクシの顔がそろったのは、まだ陽の高いときだった。いずれも旅の商人を扮えている。

昼間の宿場の旅籠は閑散としており、頼まなくても両脇の部屋は空き部屋になっていた。場所が旅籠なら、ロクジュら小頭たちはくつろいだ気分になれる。女中がいて、将軍家の姫たる佳奈の茶の接待を受けなくてすむからだ。

そうした雰囲気のなかに、

「その後ですが」

と、ヤクシが語りはじめた。

「大坂の住まいを留守にし、大津でロクジュにつないだのは、十人を超えました。いずれも浪人に小商人たちです」

「はい。それらを尾けました。いずれも大津から草津を過ぎ、中山道に入った者はおりません」

「すべて東海道ですね」

ロクジュがつないだのへ、佳奈が念を入れた。

「そうです」

ロクジュは返し、

「われらの手で追える人数は、すべて追いました。それらは三日がかりで四日市《よっかいち》に入り、そこにとどまった者、あるいは次の宿駅の桑名《くわな》まで出た者もおり、いずれも安宿に分散し、そのなかの数軒に探りを入れてみますと、それぞれ数日逗留したいといって草鞋を脱いでおります」

「その者らは四日市と桑名に分散し、なにかを待っているということですね」

「そのように思われます」

佳奈の確認にロクジュは応え、冴が言った。

「ほぼ見えてきました」

四日市も桑名も尾張である。桑名から東へは伊勢湾《いせわん》の海上七里をひとまたぎの船旅となり、対岸は宮宿《みやしゅく》となる。宮とは熱田《あつた》の宮の略称で、熱田太神宮《だいじんぐう》が鎮座する宿場で門前町でもある。その宮宿から東海道を離れ、枝道を北へ一里半（およそ六粁《キロ》）も進めば、尾州徳川家の名古屋城下となる。

（尾州家のお膝元で名乗りを上げ、江戸へ乗り込む）

冴が〝見えてきた〟といったのはそれである。

冴とおなじ発想が、佳奈やロクジュたちの脳裡にもめぐった。

トビタがロクジュの言葉をつないだ。

「乗馬で古風な直垂《ひたたれ》姿の人物を擁した十人ほどの武士団が、京から草津を経て東海道を東に進み、二日前に桑名に入ったことが確認できました」

「その直垂が天一坊どのに間違いないでしょう」

佳奈が念を押した。入った旅籠は桑名では本陣につぐ格式のある京屋《きょうや》だという。

「わたくしたちはあす朝早くここを発ち、桑名に向かいます。そなたらはきょうすぐ発ち、桑名と宮、名古屋に分散し塒《ねぐら》を定めてください。天一坊どのと赤川大膳に動きがあれば、そのつど道中のわたくしたちに知らせてください」

「なお、ロクジュさん」

と、佳奈の言葉に冴がつけ加えた。

「名古屋城下には薬込役時代からの潜みで、浜辺波久《はまべなみひさ》どのがいるはずです。つなぎを取り合力を要請してください」

「承知」

部屋の外に出ていた手代風の配下が部屋に呼ばれ、ロクジュ、トビタ、ヤクシは草津の藤屋を出て、それぞれの配下をまとめ、東海道を東へ急いだ。

浜辺波久は、ロクジュにも懐かしい名だ。もう三十年も前になる。竜大夫と一林斎が源六こと松平頼方の参勤交代の道中の安全を図るため、名古屋城下で安宮照子の一派に与《くみ》していた遠国《おんごく》潜みの和田利治《わだとしはる》を斃《たお》し、新たに置いた潜みが浜辺波久である。いまは二代目であり、夫婦で名古屋城下に薬種屋の暖簾《のれん》を張り、公儀隠密への移行後もそのまま潜みの役務をつづけている。

吉宗が得ている尾州家のようすは、ほとんどがこの二代目浜辺波久が江戸の小泉忠介に報告したものである。京に上るときは宮から桑名に直行し、名古屋城下には入っていないため、冴も佳奈も二代目浜辺波久には会っていない。二代目も、竜大夫の娘で一林斎の妻女の霧生院冴の名は、親から聞いて知っているだろう。

草津から海上七里までは、通常の足で三日の行程である。その日に船に乗って宮宿に入れるかどうかは、桑名に着いたときの太陽の位置と天候による。疲れれば駕籠を拾う冴と佳奈の足では、船旅を経て宮の土を踏むのは四日目となるだろう。


駈け戻って来たつなぎの若い御庭番の姿が佳奈たちの視界に入ったのは、二日目の太陽がかなり西の空にかたむき、あと一息で石薬師宿《いしやくししゅく》に入るというときだった。鈴鹿川《すずかがわ》が近くを流れ、樹間の街道から田畑の広がるなかへ出たところだった。まばらな旅人のあいだに、向かいから風呂敷包みを背負った若い旅姿の行商人が速足で近づいて来る。徒歩の冴たちに気づいたか、行商人はなかば駈け足になって近づくなり、

「名乗りを上げました。きょうです」

「いずれで」

街道での立ち話になり、佳奈は訊いた。ロクジュの配下で、佳奈たちについている手代風とおなじ組だ。

「桑名できょう午前《ひるまえ》、突然でした。京屋の正面玄関に紫縮緬《むらさきちりめん》に葵のご紋が染め抜かれた陣幕が張られ、〃徳川天一坊改行様御宿〃と大書された檜《ひのき》の立札が出され、玄関前にはすでに大勢の野次馬が押しかけています」

「とうとう打ち出しましたか」

予期していたこととはいえ、佳奈はため息をつき、

「そうですか」

と、冴は無表情だった。いまさらあわてても仕方がないといった心境だ。

まだ陽は沈んでおらず、京屋の前にはつぎつぎと野次馬が押しかけている。大名家の行列が入っただけでは、いつものことだから野次馬が集まったりはしない。町の住人、旅の途中の者と、それらはさまざまだった。

「——天一坊？　誰やい」

「——知らんのか。公方はんの御落胤が出たいうて、うわさになってたやないか」

「——そんなら、つぎの将軍はんかいな」

口々に話している。

つなぎの者はさらに話した。

「京屋の奉公人にあたったところ、どうやらあした海上七里に乗り、宮に渡るようで

す。それ以上くわしいことは分かりません。なお、小頭のロクジュさまは城下潜みにつなぎを取るため、いま名古屋城下に入っております」

「みなみな方、ようやってくれております。わたしたちもきょう中に桑名に入りましょう。そなた、石薬師に走り、駕籠を二挺用意してくだされ。母上、よろしいか」

佳奈に言われ、冴は肯是のうなずきを返した。石薬師から四日市を経て桑名まで六里（およそ二十四粁）急ぎ駕籠に酒手をはずみ、四日市で新たな駕籠に乗り換えても桑名に着くのは、とっぷり日の暮れたころになるだろう。

さっき石薬師宿に走った手代が、駕籠を二挺連れて引き返して来た。

「母上、しばしご辛抱を」

佳奈の声に、二挺の駕籠は走り出した。つなぎの者は今夜の着到を、トビタかヤクシに知らせるため、すでに来た道をひた走っている。

桑名宿に入ったのは、やはり深夜だった。宿場はずれで中間姿に扮した御庭番が待っていて、案内したのはなんと本陣だった。本陣は大名行列の一行か、公用の武士しか泊まれない。

「ここ数日、旅籠はいずれも相部屋しかなく、トビタさまがやむなく」

と、御庭番は言った。京屋は赤川大膳と天一坊が押さえ、大坂から三々五々集結した〝家臣団〟が近辺の旅籠に数日にわたって草鞋をぬいでいるせいだろう。それにきょうは、あしたはどんな行列になるか、と出立を見合わせた旅人もいるだろう。こうしたとき、本陣なら大名行列の一行が泊まっていない限り、トビタやヤクシの持つ〝公儀御用〟の手形がモノを言う。

本陣では武士姿のトビタとヤクシが玄関で出迎えた。本陣の玄関を入るのに、冴も佳奈も堂々とした立ち居振る舞いで、本陣の者に〝いずれ名のあるご妻女〟と思わせるのに充分なものがあった。

部屋で佳奈が鍼を打ち、早駕籠に揺られつづけた冴は、ようやく生き返った思いで一息つくことができた。

部屋にはトビタとヤクシが羽織袴で訪れ、

「いやあ、昼間はえらい騒ぎでござった」

と、きょう一日のようすを話した。

さらに本陣のあるじを呼び、佳奈が行灯《あんどん》の灯りのなかに威厳をもって質《ただ》した。冴も佳奈も手形は〝公儀御用〟である。もちろん本陣のあるじが、いかなる御用かと質すなど許されることではない。ただ、質問に応えるのみである。

それによれば、天一坊の一行から桑名の本陣にはなんの連絡もなく、

「きょう突然のことで、驚いております」

あるじは言う。

だが、近辺の本陣同士は互いに連絡があり、情報を交換しあっている。

「あす午前に、徳川天一坊さまのご一行は海上七里を渡って宮の本陣に入られ、あさってには名古屋城下に入られる由《よし》。お供は総勢二百人とか。ご城下では近江屋《おうみや》さんと萬屋《よろずや》さんを、一日切りで押さえておいでとのことでございます」

「なんと、二百人！」

「しかも宮では本陣に入って、名古屋城下にまた一宿！」

トビタとヤクシが声を上げた。

供揃えが二百人とは十万石の大名の格式だ。いつの間にこれだけの人数をそろえたのか、費用はやはり、鴻池などから出ているのだろう。それに、宮からわざわざ名古屋城下に入ってまた一泊するなど、大名行列が経費の面からも考えられないことだ。名古屋城下は宿場町を兼ねていないため本陣はなく、それに類する格式の旅籠が近江屋と萬屋である。あるじは問いが終わると部屋を退散した。

「なるほど、赤川大膳は打ち上げたのですねえ」

冴が低い声で言った。トビタもヤクシも無言でうなずいた。宮も尾州家のお膝元で、その本陣に入る。ここに前例をつくれば、江戸までの道中で各宿場の本陣も受け入れるだろう。天一坊の一行は世間から、大名行列として認められたことになる。

それに、東海道の道中でわざわざ名古屋城下に入るなど、背後には尾州徳川家がついていると、暗に世間へ知らせるようなものである。

（そこが大膳の狙い）

一同の脳裡にながれている。

三

翌日、冴もまだ疲れが残っているものの、佳奈に支えられるように外へ出た。本陣から湊《みなと》までの沿道に、多くの野次馬が群れていた。武士姿のトビタとヤクシ、その配下の中間姿や手代姿に護られるように、冴と佳奈はそれら野次馬のなかにまぎれ込んだ。大名行列など、東海道では珍しいことではない。そこへ野次馬が出るなど、きのうの突然のうわさが効いているのだろう。この分では、対岸の宮の湊にも野次馬が詰めかけていることだろう。

来た。総勢二百人ほど、

「寄れーっ、寄れーっ」

と、声を上げる数人の武士の先触《さきぶれ》につづいて、裁着袴《たつつけばかま》や絞り袴の武士団のあとに葵のご紋入りの油単《ゆたん》をかけた長持の一群に、これも葵の油単をかけた挟箱の列がつながり、さらにまた武士団が歩み、四枚肩の権門駕籠が二挺、武士団に護られるように進んでいる。天一坊と赤川大膳だろう。槍、弓勢《ゆんぜい》の足軽たちがつづき、さらに長持、挟箱がつづく。明らかに十万石大名の扮《こしら》えだ。

だが、冴も佳奈も、トビタもヤクシも、眉をしかめた。

行列に鉄砲組がいない。槍や弓はそろえても、物騒な鉄砲は無理だったようだ。それに華麗さをつけ加える色とりどりの立て笠の一群がいない。これは行列を差配したものの不手際だろうか。代わりに修験者の一群が加わっているのも奇妙だ。

沿道の野次馬のなかからも、

「確かに葵のご紋やが、ほんまに徳川はん?」

「お侍はんたちも、みんなほんまもんかいな」

声が洩れていた。

浪人なら刀は慣れているだろうが、きのうまで行商人だったのがいくら形《なり》を侍にしても、刀の差し方がぎこちなく、歩きにくそうだ。

「帰りましょう」

「そうですね」

佳奈の言ったのへ冴が応じ、通り過ぎるのを見ただけで一行は本陣に引き揚げ、部屋に戻ってくつろいだ。

中食《ちゅうじき》も本陣で取ったが、部屋は冴と佳奈、お付の武士二人、それに中間たちは当然別々で、手代姿は中間たちの部屋に入っていた。

「なにやら天一坊どのが憐れに思えてきました」

「まったく、大膳に乗せられているような。もしそうなら、許せないことです」

佳奈の言葉に冴は応え、二人は無言のうなずきを交わした。

一行は午《ひる》をかなりまわってから本陣を出た。冴の疲れも佳奈の鍼と灸でかなりとれていた。

町は通常に復し、湊で訊けば、十艘ほどの船で天一坊は海上七里を渡ったそうな。いまごろは宮宿に着き、野次馬の中を本陣に向かっていることだろう。

冴と佳奈の一行が宮宿の土を踏んだのは、太陽がかなり西にかたむいた時分だった。商人姿のロクジュが、もう一人の若い商人姿と桟橋で待っていた。城下潜みの浜辺波久だった。冴と佳奈を畏敬の目で見つめ、商人言葉で鄭重な挨拶をし、銭屋《ぜにや》という旅籠に部屋を用意していた。宮では本陣をのぞき、格式の高い旅籠である。

その銭屋の奥の一室である。冴と佳奈、武家姿のトビタとヤクシ、商人姿のロクジュと浜辺波久の六人が車座になっている。少人数のとき、一見誰が主人か分からないように座を組むのは、旧来からの紀州藩薬込役の伝統で、公儀隠密に改組されてからも、この顔ぶれではそれが生きている。

天一坊の行列が、今宵は宮宿の本陣に泊まり、あすは名古屋城下の近江屋と萬屋に泊まるというのは、桑名宿の本陣のあるじが言ったのと一致していた。

さらに浜辺波久は言った。

「宮の本陣も、城下の近江屋と萬屋も、すべて尾州家の城代家老の差配でございますよ。すでに城下で尾州藩士が、天一坊どのと赤川大膳と秘かに会っております。城代家老が直接会ったかどうかはつかんでおりません。家老の動向から、おそらくまだ会っておらず、あしたあたり会うのではないかと思われます」

「それはすでに江戸の小泉どのに知らせましたか」

冴が問いを入れた。

「いえ、まだ」

「ならば、あした会うかどうかも含め、そなたから小泉どのに知らせておいてください。ただし、そこに〃一読火中〃とかならず記しておいてください」

「承知。して、これからのご算段は？　名古屋城下に部屋をお取りしましょうか。天一坊どのの行列は、名古屋城下から平針《ひらばり》街道を経て、岡崎《おかざき》で東海道に戻る算段のようです」

浜辺波久が訊いたのへ冴は、

「佳奈、いかがいたす」

と、差配を佳奈にふった。

佳奈は応じた。

「ご城下に部屋を取るには及びませぬ。わたくしたちはあす出立し、東海道を進みます。浜辺どのは引きつづき尾州家が天一坊どのと赤川大膳に関わっているか探索し、ロクジュさんは浜辺どのに合力するとともに、名古屋城下でわたくしたちの文を赤川大膳に届け、そのあと行列についてわたくしたちと合流してくだされ。つなぎの手段は任せます。トビタさんとヤクシさんはわたくしたちについてくだされ」

「合流の場所は岡崎ですな」

「そうなります」

ロクジュが言ったのへ佳奈は応えた。

平針街道は名古屋城下から東へ、東海道と並行するように内陸部を岡崎まで延びている。ほぼ六里（およそ二十四粁）の道のりで、東海道の裏街道となっている。

佳奈は言い終わると、

「それでは母上」

と、冴をうながした。事前に話し合っていなくとも、冴は佳奈の意を解した。その場で冴は赤川大膳に宛てた文を認《したた》めた。

――岡崎にてお待ち参らせ候《そうろう》。再度ご貴殿らの存念をうかがいたく存じ候

霧生院　冴

と、わずか一行だった。

ロクジュは老いた顔にいたずらっ子のような笑みを浮かべ、その封書を商人姿のふところに収めた。

天一坊の行列が名古屋城下に立ち寄る分、冴と佳奈たちは丸一日の余裕ができた。

宮宿には熱田太神宮への参拝はむろん、繁華な門前町にも海浜にも見所は多い、ものの本に、

熱田宮の浜鳥居《はまとりい》、高櫓《たかやぐら》の神灯は海上の極《めあて》とす

――浜辺は桑名渡し口の船着き場にして、領主の監船所《かんせんじょ》あり、海荘《はまやしき》あり。熱田宮の浜鳥居《はまとりい》、高櫓《たかやぐら》の神灯は海上の極《めあて》とす

と、ある。監船所とは船番所であり、海荘とは尾張公の浜御殿である。そこの灯りや鳥居のご神灯は灯台の役目を果たしているようだ。

冴と佳奈は海浜からそれらをながめ、

「尾州さまは、さすがに天一坊どのと大膳を、海荘には入れませんでしたねえ」

「やはり便宜を図りながら、ようす見なのでしょう。それにしてもあの行列、まるで餌に寄ってきた魚の群れのようでした」

話し合っていた。

宮宿の本陣を出た行列が名古屋城下に向かってから、冴たちの一行はゆっくりと銭屋を出た。桑名の本陣を出たときとおなじ、武家の一行のようすをこしらえており、若い御庭番たちは町人一人にあとは足軽、中間に扮している。

宮宿から三河《みかわ》の岡崎までは八里（およそ三十二粁）ばかりで、早朝に発てばまだ陽の高いうちに岡崎に入る。旅人は誰でもつぎの宿場を目指して岡崎を素通りすることになる。そのような道のりだから一行はしごくのんびりした旅となり、岡崎に着いて

からも天一坊たちの行列を待つのに、まだ一日の余裕がある。

冴の足に合わせたつもりだが、やはり陽の高い時分に、川の水音とともに岡崎城の天守閣が見えてきた。川は城下の西手を流れる矢作川《やはぎがわ》だ。ここに架かる矢作の橋は、日吉丸《ひよしまる》と蜂須賀小六《はちすかころく》の出会いの場とした物語が講釈師によってつくられ、すっかり名を広めているが、長さ二百八間（およそ三百八十米）もあり、東海道というより日本一長い橋として知られている。

大八車が大きな音を立て、馬の蹄《ひづめ》も聞こえる。

川風を受けながら佳奈が言った。

「幾度渡っても、この橋には長さではお江戸の永代橋《えいたいばし》も京の五条の大橋も敵《かな》いませぬなあ。それよりも母上、赤川大膳ですが、岡崎の本陣に入ってくれましょうか」

「ほんに川風の心地よいこと。大膳ですねえ、ご領主の本多《ほんだ》さまには悪いと思いますが、やはり陽の高いうちに行列をとめ、話す時間をとってもらわねば」

冴は返した。名古屋城下から岡崎まで平針街道で六里なら、ゆっくりした大名行列でも明るいうちに通過し、つぎの宿場を目指すだろう。それを冴は文に〝岡崎にて〟と記した。じっくり話し合う時間をとらせるためだ。大膳が応じれば〝おなじ境遇〟の佳奈を、行列をとめるほど重視し、気にかけていることになる。

ただ、岡崎五万石の本多家は困惑するだろう。〃将軍家の御落胤〃など、できれば接触もなく城下を通り過ぎてくれるのが一番ありがたいところだ。

その日、薄暮のころだった。天一坊と赤川大膳の泊まる近江屋の外で、門前にとまった権門駕籠が、尾州家城代家老のものであるのを浜辺波久が確認していた。そのすぐあと、近江屋の内側ではある異変が起きていた。

近江屋の内部のようすは浜辺波久が幾度か薬草を届けたことがあって心得ており、大膳や天一坊の寝所《しんじょ》の部屋も見当をつけていた。裏手の塀を乗り越えた二つの黒い影が、裏庭の植込みのなかにうずくまった。ロクジュが冴から文を受け取るとき、子どもっぽくにやりと笑ったのはこのことだった。影はむろん、ロクジュとその配下の御庭番である。二人とも忍び装束だ。

赤川大膳は天一坊と一緒に尾州家の城代家老と夕の膳をともにしたか、女中の手燭《てしょく》に先導され部屋に戻ると、床の間に一通の書状が置かれていた。はて？と手に取り開くと、なんと霧生院冴からのものではないか。大膳はすぐに人を呼び確かめたが、部屋に入った者も文を言付かった者もいない。

人を遠ざけ、文に目をとおした。それが人知れず部屋に置かれていたことに、大膳は背筋に冷たいものを走らせた。

四

月は弥生《やよい》（三月）に入っていた。

三州《さんしゅう》岡崎で冴と佳奈たちの一行は、城下では名の知れた、本陣にも近い桔梗屋《ききょうや》という旅籠に、足軽や中間を擁した武家の一行として草鞋を脱いでいた。

翌日の午《ひる》ごろだった。足軽姿のロクジュ配下の者が桔梗屋に走り込み、昨夜尾州家の城代家老が赤川大膳を訪ねたこと、冴の文を間違いなく大膳の部屋に置いたことなどを口頭で知らせた。忍び装束でロクジュと一緒に近江屋へ忍び込んだのは、この御庭番だった。その者はさらに話した。

「浜辺波久どのが近江屋の手代から、天一坊どのの行列が今宵、岡崎の本陣に入る予定であることを聞き出し、行列はすでに城下を発っております」

思惑は当たった。赤川大膳は佳奈を天一坊と〝おなじ境遇〟であるばかりでなく、底の知れない不気味な存在と受けとめたことだろう。

つなぎの御庭番はそのまま岡崎の桔梗屋に残り、トビタとヤクシの配下とともに本陣の構えや周辺の地形を調べた。

岡崎の城下に行列が入ったのは、やはり陽のまだ高い時分だった。行列は桑名を出た初日よりはいくらかサマになっていたが、まだぎこちなさが感じられる。

ロクジュも配下二人を連れ桔梗屋に入った。

「それでは皆さまがた、用意はよろしいか」

号令は佳奈だった。

外はまだ太陽が出ている。

「ちょいと散歩にな」

ヤクシが桔梗屋の番頭に声をかけ、一同はさりげなく玄関を出た。それぞれふところには安楽膏と手裏剣を忍ばせている。

町の駕籠屋から、駕籠だけを借りていた。冴と佳奈が乗り、供には武士姿のロクジュがつき、担ぎ手は足軽四人だ。これらが本陣の玄関前で待っても奇異ではなく、戦力を本陣の近くに張り付けておく策であった。

町駕籠で乗りつけた女性《にょしょう》二人を本陣の番頭は訝《いぶか》ったが、名を告げると手の平を返し、十万石藩主の客人の扱いになり、うやうやしく奥の部屋にいざなった。

襖《ふすま》が開き、待っていた赤川大膳と天一坊と対座するなり、

（やはり）

冴と佳奈は感じ取った。公家侍のような直垂《ひたたれ》に茶筅髷《ちゃせんまげ》の天一坊の表情には翳《かげ》りが見られ、佳奈を見つめる目が、

『叔母上……』

と、助けを求めているように思われたのだ。

赤川大膳は総髪のままだったが袴《はかま》に裃《かみしも》を着け、

「いやあ、ご両所。気を揉みましたぞ。京での身の隠しようといい、こたびの突然の文といい、さすがは霧生院家の冴さまがついておられるだけあって、背後の深さがいかほどのものか計り知れませぬわい。あははは。ともかく再度お姿をお見せいただいたこと、ありがたく存じおりまする」

大物ぶる大膳に佳奈は、

「当方も、そなたがいかほどの人物か測りかねます。見れば行列は十万石の格式を整えておいでのようじゃが、それだけの石高をお望みか」

と、さっそく本題に入った。

大膳は乗ってきた。

天一坊はなおも佳奈を見つめ、冴はそのような天一坊の心中をはかる一方、値踏みするように大膳を凝視しつづけている。

「その儀については京でも申し上げたとおり、天一坊どのの出自にふさわしい待遇を求めるのみでござる」

「それが十万石の大名ですか」

「さよう。そのために格式をととのえたまで。そのほうが柳営においても受け入れやすいというもの。そうは思われませぬか」

「そのために京の土御門家に入り込み、尾州公までお味方につけ、鴻池や淀屋、天満屋などに巨額の借財をこしらえ、二百人もの配下を集められたか」

大膳は、佳奈たちの調べの正確さに脅威を覚えながら、

「天一坊どのの身が立つようにするには、そのくらいは必要なこと。ともかく将軍家に拝謁するにも、こちらがそれに見合う格式を整えておかねばならぬゆえ」

「成らねばいかがいたす」

「成さねば成らぬ。そのために起《た》ったのでござる」

空虚な押し問答に入りかけたのへ、

「天一坊どの。そなたはいかがか」

冴が声を入れた。大膳を含め、三人の目が天一坊を見つめた。

「ううう」

天一坊は短いうめきを発し、口を開いた。

「仰《おお》せのとおり、すでに私には二百名の家臣ができております。大坂からは多大な資金が寄せられ、尾州公をはじめ、諸大名家の合力も得ておれば、私の身にはもはやそれらの命運がかかっていると申さねばなりませぬ。このままお江戸まで進む以外ありませぬ。なんでいまさら大峯山に戻れましょうや」

佳奈も冴も、大峯山に戻れとは言っていない。だが天一坊はそこに触れた。幾度も天一坊が大膳に問いかけ、大膳は言っているのだろう。いまの天一坊の言葉は、大膳の言葉ではないのか。すでに天一坊を、退くに退けない心理状態に追い込んでいる。

（脅迫ではないか！）

冴と佳奈の胸中に、同時に走った。

「大膳どの」

佳奈が赤川大膳に視線を向けた。

「なんでござろう。すべては、いま天一坊どのが、みずから言わしゃったとおりでござるが」

「さようなことではございませぬ。修験道とは修行によって迷妄《めいもう》を打ち払い、験徳《げんとく》を得ることと心得ております。なれどそなたは」

「いかに」

佳奈を見つめる大膳の目がにわかに厳しさを帯びた。

佳奈はつづけた。

「会得しておられぬようじゃ。そればかりか、迷妄をますます逞《たくま》しゅうなされ、それが現在《いま》のご自分の姿と気がつきませぬか。十万石などと」

「なんと、佳奈どの。ここをどことお思いじゃ。本陣の中なれば、天一坊どのの家臣団に満ち、それがしはその家老職にござるぞ」

核心を突かれ、大膳は俗人まる出しの言葉になり、佳奈はそれに応じた。

「これは笑止な。二百人であろうが二千人だろうが、所詮《しょせん》は烏合《うごう》の衆。数人の手練者《てだれ》で突けばたちまち総崩れになりましょうぞ」

大膳は冴と佳奈がそれだけの背景を持っていることをすでに実感している。きょうの駕籠舁きが武士に差配された中間であることも、大膳は報告を受けている。

「ううっ」

「話は終わりましたようじゃ。天一坊どの、大膳どの、われらはこれにて退散いたしまする。さあ、佳奈、行きましょうぞ」

「は、はい」

冴が再度口を入れたのへ、佳奈は感情論になったことを覚ったか、冴に従わざるを得なかった。

座を立つ冴と佳奈に、

『あぁぁ、お待ちを！』

天一坊の目が語りかけていた。

冴は再度、佳奈をうながした。

部屋を出る二人に、赤川大膳は引きとめることも、まして追い打ちをかけることもできなかった。

玄関に出て来た冴と佳奈にロクジュは安堵の表情を浮かべ、本陣の番頭や仲居たちの鄭重に見送るなか、二挺の町駕籠が悠然とその場をあとにした。同時に、トビタとヤクシたちも、町駕籠のしんがりをつとめるように、本陣周辺の持ち場を離れた。

外の薄暗くなりかけたなかに、桔梗屋の奥の部屋に冴と佳奈は戻った。ロクジュらは外に出て、周辺を固めている。本陣から人数がくり出すことはなかった。

冴と佳奈の部屋に灯りが入った。

「佳奈」

「はい」

と、佳奈は冴の視線を素直に受けた。自覚しているのだ。

「これからの策を思えば、早くも大膳に警戒心を持たせたのは失策でしたねえ」

「はい。ただ、天一坊どのが憐れに思え、大膳への怒りが込み上げてきましたもので すから。それに母上、〝これからの策〟とは、わたくしとおなじことをお考えでは」

「たぶん、そうでしょう。いささか危険をともないますが」

「ならば、天一坊どのをわたくしたちの手中に」

「そうです。したが、天一坊どのも言ったとおり、ここであの行列を退かせたとして も、すでに波紋はあまりにも大きく、それをいかに小さく抑えるか……」

「いかようにすれば」

「それは……」

冴は言いかけた言葉を呑み込み、

「ともかくいま為すべきは、天一坊どのをいかにして大膳から引き離すかです」

佳奈はうなずき、ロクジュにトビタ、ヤクシを部屋に呼んだ。

軍議である。行灯の灯りが増え、部屋に緊張の糸が張られた。

対手は行列の中にいる式神と修験者たちで、あとは烏合の衆である。敵とはなり得ないが、味方でもない。

確たる策はなかった。ただ、佳奈も含め元薬込役たちにとって、東海道はいずこも慣れた地で臨機応変の策を立てやすく、式神や修験者たちよりも地の利があるといってよかった。

五

翌朝、十万石の格式を保った行列は、岡崎の本陣を発った。

岡崎藩五万石の本多家はこの間、貝のように城門を閉ざし、御落胤の一行と接触することはなかった。行列が城下を出たとの知らせに、ホッとしていることだろう。

行列の先触が〝寄れーっ、寄れーっ〟と声を上げるのは城下や宿場を通過するときだけで、あとは黙々と歩くのみである。

昨夜、赤川大膳は佳奈と冴が帰ったあと、天一坊に、

「――そなたにはもはや二百人の家臣の命運と、いくつかの大名家と商人たちの浮沈がかかっていることを忘れまいぞ」

と、あらためて念を押したことは想像に難くない。天一坊はただうなずくのみであ

ったろう。

四枚肩の駕籠の中で、赤川大膳は不安に駆られていた。佳奈と名乗る将軍家妹君とその後見人となっている霧生院冴の立ち位置は、いったいいずれに……。江戸城内ではなく野にいる以上、天一坊と〝似た境遇〟であることは間違いないのだが……。

もちろん、追捕の手は差し向けなかったが、修験者数名の尾行の目はつけた。それらの視界のなかで、一行は天一坊の行列よりも早く桔梗屋を出た。足軽、中間を従えた武家の一行とあっては、尾ける側にとっては見失う心配がない。だが修験者たちは、岡崎からわずか一里半（およそ六粁）の藤川宿《ふじかわしゅく》で見失っていた。

一行は休息でも取るように入った旅籠でそれぞれ旅の商人やお店者《たなもの》に扮《こしら》えを変え、裏手から出ていた。尾行を撒く最も基本的な籠抜《かごぬ》けに、修験者たちは引っかかったのだ。気がついたときには、藤川宿に一行の姿はなかった。

トビタの組はすでに東へ先行し、ヤクシたちは引き返して樹間で行列の過ぎるのをやりすごし、商家の女隠居とご新造になった冴と佳奈には、ロクジュの組がつき、街道を引き返し行列の過ぎるのを見送り、ヤクシたちのさらにうしろについた。

駕籠の中で、見失ったとの報告を聞いた大膳は、怒りも狼狽もしなかった。ある程度は予測しており、存念の知れない佳奈たちへの警戒心を募らせていた。

その日、行列に異変はなく、夕刻には三河《みかわ》の御油宿《ごゆしゆく》の本陣に入り、次の日も何事もなく遠江《とおとうみ》の浜松《はままつ》に入った。浜松藩井上《いのうえ》家六万石の城下町である。十万石の格式で本陣には入ったが、ここでも井上家は御落胤一行の通り過ぎるのをただひたすら待ち、接触することはなかった。

尾張の宮宿から第一報が入って以来、東海道の各大名家はつぎつぎと江戸へ早馬を立て、対処方のお伺いを立てていた。いずれにも大目付は、

「――捨て置け」

申しわたしていた。加納久通《ひさみち》と有馬氏倫《うじのり》が、吉宗の意向として大目付に伝えていたのだ。間違いなくそれは、吉宗の意向だった。

天一坊がこともあろうに十万石の格式を整え、江戸へ刻々と近づいているとの報に接するたびに、

(佳奈はなにをしておる。冴がついておるというに)

秘かに思っていた。源六こと吉宗は、処理を佳奈に任せているのだ。

報の入るたびに吉宗は御庭番大番頭の小泉忠介を城中の中奥に呼び、首尾を質《ただ》していた。小泉はかしこまり、

「――冴どの、佳奈さまには、元薬込役の配下らとともに、行列に張りつき、鋭く監視している由にございます」

奉答する以外になかった。というより、それが粉飾のない事実なのだ。

次の日、浜松を早朝に出た天一坊の行列はかなり足早になり、午過ぎには掛川《かけがわ》を過ぎていた。掛川藩太田《おおた》家五万石の城下であり、藩では〝徳川天一坊〟の行列が足早に城下を通り過ぎたことに、安堵の胸を撫で下ろしていた。

行列に先行するトビタ配下の御庭番が、冴と佳奈につなぎをつけてきた。

「仕掛けますか」

意味はすぐ冴にも佳奈にも、さらにロクジュとヤクシにも分かった。

足の速さから、きょう中に樹間の宿場である日坂を越え、金谷《かなや》に入る算段であることが分かる。ということは、陽のあるうちに山深い急な峠道となる、佐夜ノ中山を下ることになる。一林斎の率いる薬込役と、猿橋八右衛門《さばしはちえもん》の差配する伏嗅組《ふしかぎぐみ》が、死闘を演じた古戦場である。

そこは片方が断崖絶壁でもう一方が鬱蒼《うつそう》とした樹林群である。その坂道で、松平頼方こと源六の行列を伏嗅組が襲い、薬込役は防いだ。冴と佳奈、ロクジュ、トビタ、ヤクシもいた。地形を熟知している。トビタが仕掛けるのを進言してきたのはうなずける。つなぎに立った御庭番も、かつての戦いをトビタから聞いていよう。

「坂の夜啼石《よなきいし》で待つとのことです」

つなぎの者は言った。

ロクジュとヤクシが、再度うながすように佳奈へ視線を向けた。掛川城下を過ぎたばかりの、沿道の茶店である。一見、旅で知り合った者同士が親しげに話しているように見える。配下の商人姿の御庭番たちは、離れたところに屯《たむろ》している。

佳奈は冴と顔を見合わせ、

「なりませぬ」

「えっ」

驚きの声は、つなぎの御庭番だった。ロクジュもヤクシも同様の表情である。

佳奈はつづけた。

「あのときとは、目的が違います」

「ふむ」

うなずいたのは、ロクジュもヤクシも同時だった。

なるほど、日坂決戦は伏嗅組が松平頼方こと源六を殺害しようとしたのを、薬込役が防いだのだ。だがこたび仕掛けるのは、襲うことではない。天一坊を赤川大膳から引き離す……すなわち、拉致《らち》することである。

急峻な佐夜ノ中山に限らず、日坂宿から金谷宿への二里半（およそ十粁）はすべて山間《やまあい》であり、金谷もまた樹間の宿場なのだ。そこで襲って天一坊を拉致すれば、山中に攻防戦が果てしなくつづき、安楽膏を塗った手裏剣の打ち合いになれば、かなりの犠牲者が出るのは必至で、天一坊の命とて危うくなるかもしれない。

「ならば、お嬢。仕掛けはいずれにて」

「箱根《はこね》は越えさせませぬ。沼津《ぬまづ》にて仕掛けます」

ロクジュが訊いたのへ、冴が応え、

「ふむ。承知」

ヤクシがうなずきを入れた。

行列は今宵、金谷宿に泊まればあすは駿河国《するがのくに》の江尻《えじり》、あさってには沼津の本陣に入るものと思われる。沼津を出れば三島《みしま》を経て箱根越えとなる。

ヤクシがうなずいたのには理由がある。沼津の本陣なら、ロクジュ、ヤクシ、トビタは紀州藩の行列に随行したときに幾度か泊まったことがあり、冴と佳奈も和歌山へ向かうとき、一林斎とともに泊まった。小田原の脇本陣に泊まり、佳奈が葵の印籠を海へ投げ捨てた翌日である。いずれもが内部の構造を知っているのだ。

それに三島ではなく沼津と算段するのにも根拠があった。すでに弥生（三月）であり、参勤交代の時期だ。江戸を出た大名行列が箱根を越え、やれやれと一泊するのが三島宿である。いずれかの大名家がさきに本陣を押さえている可能性は高く、江戸入りを目前に大名家といざこざを起こすのは得策でない。ならば泊まるのは手前の沼津ということになる。

つなぎの御庭番は来た道を返し、日坂宿で天一坊の行列の前に出て佐夜ノ中山の樹間に潜むトビタに伝えた。

「ふむ。そうなったか。よし、行くぞ」

トビタは配下をうながし、樹間から出て急な下り坂を金谷に向かった。

トビタの一行は何事もなく佐夜ノ中山を過ぎ、平穏のなかに樹間の金谷に入った。

そのあとに天一坊の行列はつづいた。道のまん中に鎮座する夜啼石を避けるとき、天一坊も赤川大膳も駕籠を出て、しばらく歩いたことだろう。

本陣で湯につかり、くつろいだとき天一坊は大膳に言ったものだった。

「叔母上は、また会いに来てくれましょうか。いったい、どこでなにをしておいでの人なのか」

「分からぬ。なにもかも分からぬ。敵でもなさそうだし、かといってわれらと一緒に起とうとするのでもなく……」

大膳は言葉を濁した。実際に、分からないのだ。京の紫屋で会ったとき以来、喉に刺さった骨のごとく、ずっと気になって心の休まることはなかった。藤川宿で見失ったとの報を受けたあと、探索の手の者は出していなかった。足軽や中間を従えた、あれだけの人数で忽然《こつぜん》と消えるなど、並の者たちではない。広い東海道で、捜《さが》すだけ無駄なことを解している。だからなおさら、不気味に感じられてならないのだ。

大膳にとっては不気味な存在であっても、天一坊にとっては唯一この世で親身になってくれているような、そんな存在であった。なによりもまして、血族なのだ。

行列は翌朝早く金谷宿を出た、やがて道は山間を抜けて平坦となり、陽が落ちようとしている時分、江尻宿に着き本陣に入った。予測どおりだ。

さらに翌日、江尻宿を出た行列の足はゆっくりとしていた。この分ではやはり三島までは行かず、沼津どまりとなりそうだ。

トビタ組は行列の前を進み、背後にはヤクシ組が歩を取り、そのすぐうしろにロクジュ組がつながり、そこに冴と佳奈が、駕籠に乗ったり歩いたりしながらつづいている。歩いているときだった。

「沼津の宿《しゆく》は、沼津藩水野《みずの》家五万石のご城下です。くれぐれも藩に迷惑のかからぬようにせねばなりません」

「心得ております。城下に血を流すのは、極力避けます」

冴が言ったのへ佳奈が返した。〝極力避けます〟とは、避け得ないかもしれないということである。

街道が海浜に沿ってつづいている。

「わあ、潮風が心地ようございます」

と、佳奈がわざわざ駕籠から出て冴もそれにつづいたのは、土地では千本松原《せんぼんまつばら》といわれている風光明媚のところだった。松原で潮風を受けるなど、駕籠に乗って通るのはもったいない。この千本松原を越せば沼津の城下はすぐだ。

行列はこの松原をさっき通過したばかりで、陽のかたむき加減から、一行が沼津の本陣に入るのはもう間違いない。

沿道に座って松の木にもたれていた行商人風の男が、やおら立ち上がった。トビタの配下だ。

佳奈は手短に指示した。旅籠の打ち合わせである。

六

城下に入ったところで、さきほどの行商人風が、

「へえ、こちらで」

と、手招きした。ヤクシ組もロクジュ組も、すでにいずれかに案内されていた。

冴たちが案内されたのは千本松原に近く、城下に入ってすぐの枝道に入った小ぢんまりとした旅籠だった。屋号は柏屋《かしわや》といった。裏庭の板塀に勝手口があり、出れば路地が海岸に通じ、千本松原につながっている。

通された部屋には、職人扮えの若い御庭番が一人待っていた。他の者は宿を取らず、今宵に備えすでに行動を開始しているという。

佳奈も部屋に入ると、

「ちょいと町場を見物に」

女中に告げ、職人扮えの御庭番と外に出た。女中たちには、土地の知り合いが迎えに来たように見えたことだろう。部屋に残った行商人風は、冴の用心棒である。町場に赤川大膳の目が光っていて、いつ仕掛けて来るか分からない。いかに冴でも七十を

超していては、お目付役はできても実力行使には無理がある。

外に出た佳奈は、ロクジュらと本陣のまわりを散策し、あらためて塀の中の構造を思い起こし、さらに周辺を歩いた。あたりは暗くなってきている。

海岸に出て、すっかり暗くなるのを待った。潮騒を聞きながら、

「お嬢、やはり決行なされますか。対手が式神なら、危のうござるが」

心配げにロクジュが問い、トビタもうなずき、

「もしきょうの半月の月明かりでの戦いとなれば、佐夜ノ中山の樹間で戦うのと条件はあまり変わりなくなりますぞ」

と、ヤクシも佳奈の翻意《ほんい》をうながすように言った。配下の若い御庭番たちは、夜の帳《とばり》を待ち周囲に屯している。

佳奈は応えた。

「わたくしとしては、是非必要なことなのです。そこを呑んでくだされ」

頼む言葉だったが、口調は一歩も退かない響きを持っていた。

あたりは半月の淡い月明かりのみとなった。用意した提灯に火を入れ、ふたたび本陣の周辺を歩き、大通りに出ると佳奈はロクジュに近くまで送られ、柏屋に戻った。用心棒の若い御庭番は、佳奈と入れ替わるように部屋を出た。いずれの旅籠ももう泊

まり客は来ず、玄関の暖簾を下げ屋号を書いた軒提灯の火も落とす時分である。

廊下の雨戸もすでに閉まっている。冴たちの部屋から廊下の雨戸を開ければそこは裏庭で、その先には勝手口の板戸がある。

部屋は行灯一張《ひとはり》の淡い灯りのみとなっている。

冴はゆっくりと口を開いた。

「ロクジュさんたち、そなたのいう儀式を承知しましたか」

「してもらわねば困ります。そのためのきょうなのですから」

佳奈は応え、冴は無言でうなずいた。〝儀式〟というのは、冴と佳奈が立てた策というより、天一坊の心中を測るけじめのようなものであった。

「だけどねえ、佳奈」

冴は心配げに言った。

「たとえその儀式に天一坊どのが応じたとしても、一度名乗りを上げ、事がここまで大きくなった以上、もはや半之助に戻っても市井《しせい》には暮らさせませぬぞ。まわりが放ってはおきません。第二、第三の赤川大膳が出てきましょう」

「分かっております。ですが、いまはともかく、天一坊どのを大膳から引き離さねばなりません。それから身を隠すなり、修験道に戻るなり……」

「天一坊どのの了見しだいということですね」

「そういうことに……」

返した佳奈の言葉は、歯切れが悪くなっていた。天一坊が十万石の御輿《みこし》に戸惑いを覚えていることは間違いないが、憖《しか》と煩悩《ぼんのう》を払う意志があるかどうかは分からないのだ。冴は無言でうなずくと夜着に着替え、佳奈は冴の縫った、灰色の地味な絞り袴に筒袖を着込んだ。葵の短刀を取り出して枕元に置き、仮眠に入った。


いずれかの寺の打つ、子《ね》ノ刻（午前零時）の鐘が聞こえてきた。

二人とも起きている。行灯にかけた蔽《おお》いを取った。

「それでは母上」

「ふむ」

冴は夜着のまま廊下に出た。佳奈は雨戸の小桟《こざる》を上げ、音もなく開けてするりと庭に跳び下りた。足袋跣《たびはだし》で、ふところには葵の短刀を忍ばせている。

淡い月明かりのなかに庭を走り、勝手戸を内から開け、消えた。それを確認すると冴は雨戸を閉め、小桟を上げたままに、部屋へ入りふたたび行灯に蔽いをかけ、

（無事、戻りますように）

神仏に祈った。

勝手戸の外には、黒装束に脇差を帯びた若い御庭番が来ていた。

「さあ、参りましょう。用意は整っております」

「はい。案内を」

低声で交わすと、二人の影はそこから消えた。

本陣に忍び入り、天一坊を拐《かどわ》かそうというのだ。だが、不意に寝所に現われたのが忍びの者だったなら、天一坊は恐怖に駆られ騒ぎ出すかもしれない。おとなしく従わせ、人知れず外に連れ出せるのは、佳奈しかいない。

本陣の裏手の樹間に全員がそろった。黒装束だ。佳奈には冴を柏屋に残してきた不安はあるが、本陣に入った行列に慌ただしい動きのないことから、おなじ沼津城下へ佳奈たちも入ったことに、大膳は気づいていないと判断できる。

月明かりの遮《さえぎ》られたなかに、佳奈の低い声が這《は》った。

「やはり、一滴の血も流さず……、できませぬか」

「無理を言ってはなりませぬぞ、お嬢。十万石の大名家との戦《いくさ》と思いなされ」

応えた声はロクジュだった。一同は腰に脇差を帯び、手裏剣をふところに忍ばせている。差配はロクジュが執っている。

動いた。ロクジュ、トビタ、ヤクシが動けば、樹間に潜んでいた配下たちも、かすかに葉擦れの音を立てた。

半月の月明かりに提灯も龕燈《がんどう》もいらない。

裏門の角に、一群がひとかたまりとなった。

「塀の中に見張りはおらず、見まわりも出ておりません」

トビタの配下の者が言うと、

「よし、行くぞ」

トビタとともに配下三人も月明かりの下に走った。一人がすでに入って確認したようだ。中から裏門の閂《かんぬき》を外しておかなかったのは、侵入を気づかれるのを防ぐためだった。壁に取りつくと二人が向かい合わせに腕を組み、一人がその肩に飛び乗り、難なく塀を越えると内側から裏門を開け、外で待っていたトビタが角に向かって手を上げ、するりと中に消えた。なるほどこの芸当があれば、前もって閂を外しておく必要はない。トビタが若いころなら、一人で塀を飛び越えるところだが、還暦の身では外で門の開くのを待つ以外にない。

そのトビタの合図に、

「参りますぞ」

ロクジュとその配下三人、それに佳奈が走り、門の中に消えるとそこは元どおりに閉められた。ヤクシ組は門外の角に残った。危うくなった場合、外から打ち込んで仲間を救出するためだ。

門内でも持場は決められていた。裏庭に見張りの影もなく、屋内も静まり返っているのを確認すると、

「よし」

ロクジュの声に、トビタ組が佳奈を囲むように裏庭を母屋の軒端まで走った。足音が立たない。いずれも佳奈とおなじ足袋跣だ。

トビタが雨戸に耳をあて、うなずくと二人の配下がその雨戸をはずし、つぎつぎと足の土を払って中に消え、雨戸は内から閉められた。裏庭はふたたび動きのない月明かりの風景となった。ロクジュ組が庭の隅に潜んでいる。屋内で騒ぎが起こったとき、即座に敵の背後から襲いかかり、中の仲間の逃げ道をつくるためである。

ロクジュを先頭に、暗い廊下を忍び足で進んだ。二度ほど曲がると天一坊の寝所である。手前が付き人の間で、家老の間はすこし離れている。

佳奈とロクジュが明かり取りの障子の外に身をかがめた。配下の三人は、付き人の

間の障子の外に腰を落とし、脇差に手をかけ身構えた。障子の向こうに動きを察知すると同時に飛び込み、すぐに付き人たちを黙らせることだろう。

ロクジュはトビタ、ヤクシと話し合ったものだ。二百人の家臣団というのは、烏合の衆である。だから〝くせ者〟の一声で本陣内は右へ左への大混乱におちいり、統制のない騒ぎは外へ洩れ、輪を大きくしながら明るくなるまでつづくだろう。夜明けには町場から野次馬が走り、本陣を取り巻いているかもしれない。

騒ぎは芽の出た瞬間に摘まねばならない。付き人が幾人いようと式神でなければ、それは造作もないはずだ。

もし不寝番であったなら、

「——その場で」

それも話し合っている。付き人の部屋に灯りがないことから、そこにいる者はかえって命拾いをしたことになる。

ロクジュが障子をそっと開け、佳奈がするりと中に入った。行灯に蔽いがかけられている。つづいて入ったロクジュが蔽いをとった。

さすがに修験道に身を置いていたか、天一坊は目を開けたが、

「お目覚めか」

「あっ、叔母上！」

瞬時、なにが起こったか判らなかったものの、声をかけられ、それが夢の中ではない佳奈であることは分かった。だが理解はそこまでだ。

「ううう」

「そなたを救いに来ました。さあ、起きなされ」

「ううっ」

「しーっ。お味方です」

上体を起こそうとした天一坊が、室内にもう一人いることに気づき、びくりと身を緊張させたのを、佳奈はなだめた。

もしこのとき佳奈がおらず、目の前の顔が黒装束の見知らぬ男だったなら、天一坊は悲鳴か大声を上げていたことだろう。

この一瞬のために、佳奈は危険を冒し、忍び込んだのだ。

「そのままでよろしい。わたくしたちと一緒に来なされ」

「は、はい。叔母上」

天一坊はうなずき、静かに上体を起こし、白い夜着のまま佳奈に従った。足まで佳奈をまね、蒲団の上をそっと進んだ。まるで、催眠術にかけられているようだ。御落胤の名乗りを上げて以来、変化する境遇は催眠術か夢まぼろしだったのだ。親族である叔母に会ったのも、そのなかの出来事といえようか。

廊下に出てからも、他に黒装束のいることに驚かず、ふたたび雨戸が外され佳奈につづいて庭に跳び下りてから、ようやく我れに返ったか、

「あぁ」

声を上げた。そこにも黒装束がおり、踏み石の上に草履《ぞうり》まで用意されている。

「しっ、声を出さずに。走って」

「は、はい」

佳奈は大柄な天一坊の手を取り、走った。

付き人は烏合の衆ではなく、式神だった。くノ一ではない。二人、天一坊の部屋になにやら動きのあるのを感じたのは、天一坊が廊下に出て黒装束が雨戸を内側から外したときだった。

式神二人は同時に上体を起こし、廊下の気配をうかがった。どうやら雨戸が動かされたようだ。このような時刻に……尋常ではない。はね起きるなり枕元の刀を取り、そっと障子を開け、廊下に首を出した。

「ん?」

雨戸が外から閉められ、廊下に射していた一筋の月光が消えた瞬間だった。

「うっ」

二人は廊下から天一坊の部屋の障子を開けた。

いない。

が、騒がなかった。さすがに式神である。

二百人の〝家臣団〟が烏合の衆であることを、最もよく知っているのは赤川大膳である。警護の式神と修験者たちに命じていた。

「――いかなることがあろうと、決して騒ぎを起こしてはならぬ。天一坊どのが外に出ようとしてお引きとどめできぬとみた場合、いったん見過ごし、外に出てから身柄を確保し、周囲に分からぬようお連れいたすのじゃ」

二人の式神は、それを冷静に守った。元どおりにはめ込まれた雨戸にそっとすき間をつくり、そこから見えたのは白装束の者が黒装束数人に囲まれて裏門を急ぐように出る光景だった。白装束が天一坊であることは間違いない。

式神はうなずきを交わし、一人が庭に出てあとを尾け、一人が急いで人数を手配した。もちろん、

「ご就寝中、失礼つかまつる」

と、赤川大膳を起こした。

「みずからか、それとも拉致《らち》か」

大膳の最初の問いだった。天一坊の心中に迷いのあることを、大膳は知っていた。

「いまのところ、判断はつきかねます。ただ、黒装束に囲まれるように、公儀隠密かもしれませぬ」

式神の報告は的確だった。

大膳は命じた。

「穏便に、穏便にじゃぞ」

七

「こっちじゃ、天一坊どの」

「は、はい。叔母上」

裏門を出ると佳奈は夜着の袖をつかみ、樹林のほうへ引いた。樹間の細い道一筋を抜ければ海岸が広がり、千本松原につづいている。

先頭をロクジュの組が走り、佳奈と天一坊をはさむようにトビタの組がつづいた。

ヤクシの組は裏門からすぐの角に残っている。追手が出てくれば逆に尾行し、天一坊らの一行に襲いかかったときに背後を突くためである。

出て来た。夜着のままの男が一人だ。ヤクシらのすぐ前を走り去った。刀一振を手に、明らかにとっさの尾行だ。

若い御庭番の一人が、

「小頭！　やつを」

角から飛び出そうとした。

「待て。尾行が一人であるはずがない。いましばらくようすをみる」

「はっ」

ヤクシに若い御庭番は従い、腰をもとに戻した。

待った。追手が一人では、数のそろっている天一坊の一行を襲うはずがない。そこは安心できた。

だが、長く感じる。

さきほどの夜着姿が戻って来た。走り方から、足袋も草鞋もなく、裸足のままなのが感じ取れる。

天一坊ら一行が樹間に入り、海岸に出たのを確かめ、仲間へ知らせに戻って来たのだろう。

「よし、俺が」

ヤクシが息だけの声を出し、手裏剣を頭上にかざすなり、

「えいっ」

刀を大上段から振り下ろすのとおなじ作法だ。樹間から走って来た夜着姿は瞬時、

「うっ」

足をとめ、よろめいたが、すぐに肩を押さえ、数歩、ぎこちなく歩を進めたが立ちどまり、その場にうずくまった。安楽膏が塗られていたのだ。

「数呼吸、待て。死体を回収するぞ」

ヤクシの低い声に配下らが身構えたときだった。半開きになっていた裏門から、わらわらと人が走り出てきた。いずれもたすき掛けに鉢巻、絞り袴である。大刀を帯びている。式神の一群か修験者たちか分からない。灯りを持っていない。探索よりも戦闘態勢だ。

それらは門を出るなり、夜着姿のうずくまっているのを見つけ、

「おっ、どうした！」

走り寄った。

（まずい）

ヤクシは息を呑んだ。

追手の六人は夜着姿を往還の脇に運ぶなり、樹林に向かった。式神なら夜着姿のようすから、安楽膏を打ち込まれたことに気づくはずだ。夜着姿の者が〝拉致〟した者どもの人数は十人前後、と告げ得たかどうかは分からない。告げたとしても、背後にまだ一組いることまでは気づいていないはずだ。

「行くぞ」

ヤクシは飛び出し、配下の三人もつづいた。

天一坊を擁した一行は海岸に出た。半月といえ月明かりがいっそう明るく感じられる。潮騒のなかを西方向の千本松原に走った。松の木が林立しておれば、敵に襲われたときの防御盾となる。

走っている。天一坊は夜着を尻端折に、

「叔母上、い、いったい!?」

走りながら、佳奈の忍び装束に目を丸くし、

「なにゆえっ。ど、どこへっ」

問いをくり返すが、

「あとで。ともかく走るのです」

佳奈は急かした。

松並木に入った、並木は街道だけでない。海岸近くにまで林立している。

若い御庭番たちは、ロクジュとトビタに言われていたか、素早く波打ち際の佳奈と天一坊を中心に半円の陣を張った。さほど離れているわけではないが、潮騒に佳奈と天一坊の声は消されて聞こえない。

「船で逃げますのか」

「逃げるのではありませぬ」

足元まで波が寄せている。さきほど、ひときわ大きな波が脛《すね》まで濡らした。

御庭番たちは来た方向に目を凝らしているが、ロクジュとトビタは心配なのか、いつでも駈け寄れるように佳奈と天一坊を視界に収めている。潮騒だけの暗い海を背景に、二人の影が立っている。白い夜着の天一坊がひときわ目立つ。

「ならば、なぜかようなところに。危のうございます」

砂地へ戻ろうとした天一坊の袖を、佳奈は再度つかまえ、

「そなたの覚悟のほどを確かめますのじゃ」

「あぁあ」

さらに数歩、沖合に引き、天一坊は足をぐらつかせた。波だけでなく、脛まで海水に浸かった。踏ん張っていなければ、体ごと波にさらわれそうになる。

「叔母上、いったい!?」

「これをそなたに授けよう」

意図を解しかねる天一坊に、佳奈はふところの短刀を鞘ごと前に突き出した。

天一坊は一瞬身構えたが、刃《やいば》を向けられたのでないのがすぐに分かったか、

「さあ、手に取りなされ」

「は、はい」

言われるまま手に取って見つめ、

「あっ」

声を上げた。月明かりに、漆塗りの柄にも鞘にも、葵のご紋が確認できたのだ。

潮騒のなかに佳奈の声は大きかった。

「それはわたくしが血脈の証《あかし》として、そなたにはお祖父《じい》さまにあたる光貞《みつさだ》公より拝領したものじゃ」

「や、やはり叔母上は、ほんとうだったのですね」

「むろんじゃ。だからそなたを一目見るなり、甥であることが分かったぞ」

「私も、でございます、叔母上」

波が腰のあたりまで濡らした。

「あぁ」

ぐらついた佳奈を、大柄な天一坊が支えた。

(危ないのう、足を取られますぞ)

ロクジュとトビタは心中に言った。声は聞こえないが影は見える。

「大丈夫じゃ」

佳奈は言うと天一坊の手をふり払い、

「これをそなたに授けよう。書付だけよりも、それがあれば何人《なんぴと》もそなたを吉宗公の落とし胤と認めましょうぞ」

「か、かような大事なものを、私に!?」

驚きの声を上げる天一坊に、佳奈はかぶせた。これこそ佳奈が、最も言いたいことであり、儀式だったのだ。

「さよう。なれど、それを後生大事に持つなら、そなたは衆生《しゆじよう》に災いをもたらし、そなた自身も安寧は得られず、命も縮めようぞ。いまからでも遅くはない!」

「叔母上」

「そなたには解ろう。迷妄を払う意志があるなら、いまここでその短刀を海原に投げ捨てるのじゃ。さあ、如何《いか》に！」

「お、叔母上！」

天一坊は短刀を握りしめた手を胸に押し当て、一歩退いた。

「半之助！」

佳奈は叱るように叫んだ。天一坊は明らかにためらっている。そればかりか、短刀を持ったまま佳奈から遠ざかろうとするような足の動きだった。

このときである。天一坊を追った一群が樹林群から浜辺に出て、周囲に目を凝らした。夜着姿は、やはり浜辺の方向を仲間に知らせていた。

「あっ、あそこ。白いものが」

かなり遠くだが、月明かりにも目立った。

「なに、入水《じゅすい》？　行くぞっ」

「おう」

六つの影は走った。

走りながら、

「あっ、もう一人！」

白い影のそばに、黒い影の立っているのに気づいた。

同時に、半円に腰を落としていたロクジュたちも、砂浜に駈けて来る一群に気づいた。一群は立ちどまるなり地に伏せた。天一坊は一人で抜け出したのではない。あたりに拐《かどわ》かした者たちの潜んでいることを予測したのだ。

双方、地に伏せ対峙《たいじ》の態勢となった。一群は背後にも〃敵〃の迫っていることを知らない。次に動きがあれば、ロクジュたちは一群を確実に挟み撃ちにできる。

が、そうはならなかった。ヤクシたちが六人を追ったすぐあとだった。本陣の裏門から十人近い人数が走り出て来たのだ。いずれも絞り袴に脇差、たすき掛けの先陣と変わりはなかったが、小脇に六尺棒を抱えている。修験者の一群だ。ということは、先陣の六人は式神ということになる。安楽膏に似た毒薬を持っている。

修験者の一群はヤクシたちを追い、海岸に出てそれらが地に伏せたのを感じ取った。慥《しか》とは見えない。推測である。それでも差配の者は命じた。ただでさえ式神に遅れをとっているのだ。

「賊はあのあたりに伏しているぞ！　かかれ‼」

「おーっ」

修験者たちは六尺棒を振りかざし、ヤクシたち四人の潜むあたりに突進した。六尺棒の先端は仕込みで槍になっている。

「おぉぉぉ」

ヤクシたちは身を起こし、驚愕のなかに背後へ迎撃の態勢に入った。

不意の騒ぎに驚いたのはロクジュとトビタたちだった。

「何事！」

ロクジュが地から身を起こした。

慌てたのはロクジュとトビタばかりではなかった。

(防御が破られた！)

佳奈は砂浜の騒ぎを聞くなり、

「半之助どのっ、如何に！」

「叔母上、私はっ」

迫る佳奈に天一坊は短刀を胸へさらに一歩、波のなかを下がった。

「えぇい、そなた！」

佳奈は波音へ水しぶきを重ね、

「こうするしか、そなたの生きる道はないっ」

天一坊の胸から短刀を引きはがすようにつかみ取り、

「えぇいっ」

「あぁぁぁ」

天一坊は空《くう》に両手をつき出した。佳奈が葵の短刀を沖合に思いっきり投げたのだ。

その波音を聞き取れない。それよりも佳奈の耳は、ほんの瞬時だった。

――シュパッ

すぐ近くの波間に手裏剣の打ち込まれたのを感じ取った。

「危ないっ。半之助、波間にもぐりなされっ」

ふたたび天一坊の袖を取り、波の中へ倒れ込むように身を沈めた。

砂浜では身を起こしたロクジュが、

「うっ」

うめきを洩らした。胸に手裏剣を受けたのだ。

一瞬の間を置き、手裏剣を打つため身を起こした敵の影が三つ、揺らいだ。トビタと配下の者たちが、見えた三つの影に手裏剣を打ったのだ。安楽膏を塗ってある。対手の手裏剣にも……。ロクジュの受けた手裏剣は一本だ。他の二本はどこへ……。

「うーっ」

ロクジュが倒れるのではなく、座り込み、

「塗ってあるようだ。わしはもう助からん」

言うと身を横たえた。

「仇《かたき》は取るぞっ。かかれっ」

トビタは言うなり抜刀し、残った式神たちに突進した。二打目の手裏剣を打つ余裕はない。すでに居場所を知られている以上、敵の手裏剣に対して動くことが最善の防御となる。若い御庭番たちもいきり立ち、

「おーっ」

つづいた。

突進してくる多数の敵影に、残った式神三人は手裏剣の間合いを失い、迎え撃つよりも、

「天一坊さまーっ。お助け参らせるうっ」

砂浜を波間に走った。そこにトビタらは横から襲いかかるかたちになり、脛まで水につかり乱戦となった。

波間に体の均衡を失った佳奈は、

「あぁ」

つかんでいるのが、天一坊の袖だけであるのに気づいた。強く引っぱり、破れたのだ。急いで足を踏ん張り身を起こすと、茫然と立っていた天一坊の身が揺らいだ。

「どうしました、半之助どの！」

「お、ば、う、えー」

天一坊は言うと脛をザブリと波間につき、海水に水音を立て身をうつ伏せた。胸に手裏剣を受けていたのだ。

「天一坊！　半之助！」

佳奈は叫んだが、もう助からないことが佳奈には分かる。

すぐ近くの乱戦に、金属の打ち合う音が聞こえる。それはすぐに収まった。式神たち三人に対し数がそろっている。二人を斬殺し、一人が沖合に波しぶきを上げ逃げきった。天一坊が波間に倒れ込むのを目に収めたようだ。

「お嬢、大丈夫ですか！」

トビタらが波を蹴り駈け寄ってきた。

「こ、これは」

「天一坊どのが、手裏剣を受けました」

佳奈は声を絞り出した。佳奈が素早く身を波間に沈めたから、手裏剣が天一坊に当たったのか、もともと佳奈を外れたのが天一坊に命中したのかは判らない。

ヤクシらも駈け寄って来た。ヤクシたちの戦いぶりは見事だった。十人近くの修験者たちに対し、二人ずつ両脇に跳び退くなり手裏剣を打ち込んだ。三人か、四人に命中した。ただの手裏剣ではない。

「――こ、これは妖術か」

修験者ゆえにそう感じたか。浮足立った。そこへ脇差で襲いかかった。至近距離になれば仕込みであっても六尺棒は用をなさない。数人が血を噴き、

「――引けいっ」

声とともにわれ勝ちに来た道を返していた。式神たちの戦況を見たのだろう。

八

髷を崩し、ずぶ濡れになって柏屋の部屋に戻って来た佳奈に、冴は驚愕した。トビタがつき添っていた。放心状態の佳奈に代わって、トビタが報告した。

冴は仰天した。天一坊とロクジュが死んだ。佳奈の手に、天一坊の茶筅髷が握られ

ている。遺髪である。

「天一坊どのも、ロクジュどのも、遺体は沖に流しましてございます」

トビタの報告に、冴はかすかにうなずきを見せた。配下の御庭番に犠牲はなく、負傷が二名だけだったとはいえ、ロクジュを喪《うしな》い天一坊を死なせたのでは、

（敗れたり）

認識する以外にない。

「あとの追跡は、われらにお任せ下さりませ。負傷者二名はつき添いをつけ、この宿場に暫時残します。接触はなさらぬように」

トビタは言った。戦いのあったことを、町場に残さないためだ。冴はうなずいた。

部屋に二人になってから、佳奈は声を沈めて言った。

「半之助どのは、迷妄を捨て去ってはおられませなんだ」

手は、遺髪の茶筅髷を握り締めていた。

翌朝、出立《しゅったつ》のころあいをうかがいに来た女中に、冴は障子を開けずに言った。

「若いほうがいささか熱を出し、きょう一日、部屋をお借りいたします」

「それは難渋な。ご用があればなんなりとお申しつけくださいまし」

女中は承知し、廊下を下がった。

佳奈の衣装は濡れたままで、髷もまだ崩したままなのだ。

町場から異変は伝わって来なかった。大膳の差配だ。逃げ帰った者たちの報告を聞くなり、清掃の一群を出し、死体を引き取るとともに痕跡をも消し去った。町衆にも藩主の水野家にも、なにごとも覚らせなかったのだ。

行列は朝になると、通常のとおりに本陣を発った。

夕刻近くである。トビタの配下の者が一人、柏屋に冴と佳奈を訪ねた。佳奈は打ち沈んではいるものの、形《なり》は平常に戻っていた。柏屋にも冴が、

「——お陰で、あすの朝には発てまする」

言っていた。

報告の者は、冴と佳奈の前に端座して言った。旅の行商人を扮えている。

「行列は十万石の格式を保ったまま箱根を越え、今宵は小田原泊まりと思われます。トビタさま、ヤクシさまの申されるには、天一坊どのの権門駕籠の中は替え玉であろう、と。明後日には相模国《さがみのくに》の戸塚宿《とつかしゅく》に入り、次の日の夕刻前には品川にかかるものと思われます。トビタさまはすでに配下を一人従え、小泉忠介さまに昨夜の次第を知

らせるため、江戸へ先行されました。目下われらの差配はヤクシさまにございます」

「分かりました」

冴はうなずき、

「向後はすべて、トビタどのとヤクシどのにお任せいたします」

「はっ」

つなぎの者は軽く会釈し、部屋を辞した。この時点で、冴は天一坊探索の目付役を、佳奈は組頭の座を下りた。霧生院という、町医者の母娘に戻ったのだ。だが、天一坊を秘かに後見した者たちの目録一覧はまだ手許にある。なくなったのは、光貞公拝領の短刀のみだった。

「わたくしたちは、ゆるりと江戸へ戻りましょう」

「はい」

佳奈は肩から大きな荷の下りたのを感じた。

女鍼師の母娘が、将軍家御落胤の行列に一日遅れて箱根を越え、戸塚宿に一日を明かし、川崎宿に入ったときである。

「きのうだぜ、きのう」

と、そのうわさを耳にした。品川で百人を超える捕方が出張り、大捕物があったという。畏《おそ》れ多くも将軍家の御落胤を騙《かた》る天一坊なる者と、赤川大膳なる家老を詐称《さしょう》する者が、数十人の浪人や商人、職人くずれとともに捕縛されたらしい。

　天一坊の身代わりは誰であったのか、冴にも佳奈にも分からない。ただ分かっているのは、捕方の采配を揮《ふる》った小泉忠介が、それを贋物《にせもの》と知りながら天一坊当人として扱い、それを加納久通も有馬氏倫も承知したであろうことのみである。

　川崎宿を出てすぐの六郷《ろくごう》の渡しでも、舟を待つあいだ、そのうわさで持ちきりだった。なるほど渡し場には多数の役人が出張っていた。対岸はさらに多く、まるで戦《いくさ》の陣を張ったようなものものしさに見えた。

　きのうは断続的に幾度も川止めがあり、両岸は旅人であふれたらしい。

　きょうはまだその余波が残っているのだろう。

　ようやく舟に乗れた。船頭が棹《さお》をあやつりながら言った。

「お客さん方、申しわけねえ。これから江戸へ向かうあんた方はまだましなほうで、向こうからこっちへ渡りなさるお人らにゃ、まるで関所でさあ。一人ずつ手形改めや荷改めをされやしてねえ」

　二百人全員が捕縛されたわけではない。半数近くは算を乱して逃げたことだろう。

鴻池など豪商からようす見で派遣された者たちなら、江戸へ逃げ込んでも寄る辺《よべ》はあろうが、大多数は来た道を逃げ帰る以外にない。それらの探索というより残党狩りで、六郷川の東岸ににわか関所が設けられたのだろう。そこをなんとか逃げ延びても、このさきどうやって大坂まで帰るのだろう。

冴と佳奈は無言で船頭の話を聞いていた。

船着き場に着いた。

若い御庭番が二人、待っていた。ロクジュの配下だった二人だ。地味な裁着袴《たつつけばかま》に羽織を着けた武士の形《なり》をしている。あらためて込み上げるものがあった。

御庭番は言った。

「トビタさまから、書付は捕物のどさくさに処理した、と」

新之助時代の源六が、茂与に与えた書付である。

旅人はすべて、にわか仕立ての関所で手形改めを待たねばならなかったが、役人たちはこの二人の武士へ鄭重に道を開けていた。

「出張っているのは、御先手組《おさきてぐみ》のお人らです。奉行所の町方とは違い、きのうはほんとうに戦気分でした」

若い御庭番は言った。

にわか関所を出ると、町駕籠が二挺待っていた。

御庭番が伴走し、品川宿に入ったのはまだ陽は高く、このまま明るい内に神田須田町に帰れる時分だった。

町の角々に御先手組の出張っているのが、駕籠の中からも見える。いずれも地味な絞り袴にたすき掛けで鉢巻を締めており、それらが町内に屯しているだけで、町には威圧感が感じられる。それに他の町駕籠は幾度もとめられ、垂《たれ》をめくって中を調べられていたが、冴と佳奈の駕籠は一度もとめられないばかりか、人の往来の多い所では先導するように人を散らせてくれた。御庭番二人がわざわざ六郷の渡し場まで迎えに来たのは、このためもあったろうか。

それだけではなかった。案内されたのは、品川宿の本陣だった。六郷の渡し場に御庭番を配置したのは、二人の通行の便宜よりも、このためだったようだ。

品川の本陣の玄関で鄭重に迎えられ、奥の部屋で待っていたのはなんと加納久通だった。その客人となれば、本陣が鄭重に扱うはずである。

久通は冴と佳奈を上座に座らせ、自分は下座で端座の姿勢をとった。

「加納さまのお出迎えとは、痛み入ります」

冴は言ったが、本心はこのまま品川を通過し、一刻も早く神田須田町に戻りたいと

ころだ。沼津から、霧生院で留守居をしている留左《とめざ》宛てに、

――数日中に帰る

と、文《ふみ》を出しているのだ。留左はさっそく町中に触れ、首を長くして待っている。なにしろ七か月ぶりなのだ。出立より四か月が過ぎ、年が変わろうとしたころには、

「――霧生院、このまま閉まってしまうのではないかねえ」

「――もうとっくに、どこぞの御典医に……」

町の者は真剣に心配しはじめ、

「――てやんでえ。冴さまと佳奈お嬢がこの町を見捨てるわけねえだろが」

留左は息巻いていた。

それからまた三月《みつき》、突然走り込んで来た飛脚に、

「――おぉぉ、紀州からだろ！」

霧生院の庭で留左は思わず状箱に飛びつき、飛脚に尻餅をつかせたものだった。

沼津からだ。

「――おぉ！　飛脚なら一日半、冴さまとお嬢の足じゃあと二日か三日だぜーっ」

留左は文をかざし、界隈を走りまわり、町内は沸《わ》いていた。

きょうがその三日目なのだ。もちろん品川の大捕物のうわさは、神田界隈にも伝わ

っている。それを霧生院と結びつけて考える者はいない。

佳奈もやきもきする思いで、足止めをする久通を睨んだ。

久通は言った。

「ロクジュの遺髪はトビタから受け取りもうした。無念です」

瞑想する仕草をとり、さらにつづけた。

「沼津の千本松原での件は、すべて上様にも報告してございます」

『ならば、なにゆえ贋《にせ》の天一坊を……』

冴は訊こうとした言葉を呑み込んだ。すでに霧生院家とは離れた問題であり、柳営の意向は分かっているからだ。

（御落胤を詐称した不埒者）

として処断するためである。大膳は替え玉のまま〝将軍家の御落胤〟を押し通し、なんらかの利を得ようとしていたのだろう。ところが贋物であることはとっくに知られていた。

「加納さま」

冴は久通の顔を見つめた。

「ここに天一坊どのに加担した大名家やお公家、商家の目録一覧がございます」

と、ふところから一通の書状を取り出した。部屋に緊張が走った。公表すれば処断の対象はあらぬところまで広がり、天下は騒然とすることだろう。

冴は女中を呼び、部屋へ炭火の入った箱火鉢を用意させた。

久通は冴の意図を読んで是認したか、凝《じ》っと見ているのみだった。

その処置は、天一坊が名乗りを上げたときから、冴と佳奈が話し合っていたことなのだ。

冴は用意された箱火鉢引き寄せ、

「品川で事件は落着。これ以上、傷口を広げなさいますな」

「そのとおりです」

佳奈がつなぎ、

「悪いのは、血脈なのです。赤川大膳とて、紀州の田辺で半之助どのに出会わなければ、ここまで迷妄を逞《たくま》しゅうすることはなかったでしょう。それに、半之助どのが迷いを払拭されていたなら……そこが残念でなりませぬ」

佳奈が言い終わると、冴は黙って目録を炭火にかざし、炎を上げた。

久通の見つめるなか、目録はゆっくりと灰になった。尾州徳川家も土御門家も伏見宮家も、さらに鴻池、淀屋、天満屋など豪商たちの迷妄も、煙となって消えた。

久通の黙認は、天一坊騒動が御落胤の詐称事件として終焉《しゅうえん》することを意味した。

「上様には」

灰になるのを待ち、久通は言った。

「佳奈さまから直《じか》に京のこと沼津のことなどを聞きたいと申され、あす午前、増上寺にお成りあそばされます。冴さまと佳奈さまには今宵ここにお泊まりいただき、あす駕籠を用意いたしますゆえ」

「えっ」

佳奈は小さく声を上げた。望んでいたことなのだ。それを吉宗のほうから、しかもあすとは……吉宗がいかに早く佳奈から話を聞きたがっているかが分かる。

「あすですね」

佳奈は即座に返した。神田須田町に帰るのは、あしたの午後になる。

御庭番二人が六郷の渡しで待っていた本意は、このためだったのだ。朝早くから見落としてはならぬと、相当長く待ったのだろう。

帰りしな、久通は言った。

「きょうここに、小泉忠介も来たがったのですが、なにぶん当人が捕縛の陣頭に立っておりますゆえ」

捕物はしばらくつづくことだろう。その中心地である品川に一泊するのは、佳奈にとっては辛く胸の締めつけられるものだった。利に群がった者たちに罪はないのだ。

その日、冴も佳奈も、一歩も町場に出ることはなかった。


翌朝、迎えの駕籠が来た。権門の女乗物だった。供侍と腰元までついている。

玄関で佳奈は、

「無用じゃ」

一喝した。手甲脚絆に杖を持った、町場の新造の旅姿である。供の者が事情の分からないまま狼狽するなか、冴もあと押しをし、佳奈は意志をとおした。本陣に一晩泊まっても、天一坊の騒動が終われば、一介の女鍼師なのだ。町駕籠の人足も首をかしげて担ぎ、そのあとに四枚肩の女乗物と供侍、腰元たちがつづいた。

一行が発つとき、冴は供の者たちに言ったものだった。

「そなたらに落ち度はありませぬ。加納さまに話しておきますするゆえ」

あとで叱責されぬかと心配する供たちへの思いやりである。

東海道を芝に入り、増上寺では大門の前で駕籠を下り、広い境内を歩いた。すぐそばに走り寄って来たのは、トビタとヤクシだった。地味な絞り袴に二本差である。

「おぉお、そなたら」

と、親しく話しながら庫裡《くり》に向かった。

供の者たちは、加納久通さまのお客人で、警護の御庭番とも親しく話しているこの女人《によにん》たちは、

(いったい?)

と、怪訝な表情であとにつづいている。トビタとヤクシは歩を進めながら、

「わしらはこれで隠居し、和歌山へ戻りますわい」

「小泉さまにもすでに話しましてなあ」

話していた。

境内に町の参詣人が見られず、警備ばかりが厳しいところから、吉宗はすでに着いているようだ。

庫裡の玄関では加納久通が出迎えた。将軍家の御側御用取次が直接玄関に出て人を迎えるなど、通常ではあり得ないことだ。さらに目を丸くする供侍や腰元たちの前で冴は言ったものだった。

「加納さま、困りますぞ権門駕籠は。代わりに町駕籠を用意してもらいました」

「さもありなんか。おまえたち、よう気を利かせてくれた」

久通が供の者たちに直接声をかけ、一行にはようやく安堵の表情が見られた。

庫裡に入り、冴と佳奈は手甲脚絆を解き、久通にいざなわれ奥の部屋に向かった。

吉宗は小姓を連れず一人で待っていた。

かたちばかりの挨拶が終わると、あとはもう兄と妹である。

久通が、

「それでは私はこれにて」

「あらあら、わたくしも」

退散しようとするのへ冴もつづこうとし、

「あ、母上」

佳奈はいささか慌てた。

冴は言った。

「向後、兄妹がゆるりと話す機会はありますまい。存分に話しなされ」

「あ、これ。冴どの。これが最後ではないぞ」

吉宗の声を背に、冴は部屋を出た。

廊下で久通は立ちどまり、

「いいのですか、冴さま」

「いいのです、これで」

冴は返した。

部屋には吉宗こと源六と佳奈の二人となった。

突然だった。吉宗は座布団を放り出すようにはずすと畳に端座の姿勢をとり、

「許せ、佳奈。おまえまで危ない目に遭わせてしもうた」

両手を畳についた。千本松原のことを言っている。

「それよりも兄《あに》さん、これを。天一坊改行こと半之助どのの遺髪です」

佳奈はふところから、千本松原で天一坊を波間に流す寸前に切り取った茶筅髷を出した。箱に収めず、紙に巻いただけで無造作にふところに入れていたのは、供養は自分でしなされとの、佳奈から吉宗への意思表示であった。

「おぉ、おぉぉ」

吉宗は佳奈ににじり寄り、受け取ると額に押しあて、目を閉じ、

「わしの胤《たね》に、相違なかったか」

「京で初めて会《お》うたときから、兄さんのお子と直感しました。半之助どのも、わたくしに血脈を感じたようすでした」

「そうか、そうだったのか。茂与は田辺に移り、そこでのう。それも半之助と名付けたのか」

言うと吉宗は目を開け、遺髪を見つめ、

「許せ」

ぽつりと言った。

(なにをいまさら)

佳奈は吉宗の頬を、思い切り平手打ちしたい衝動に駆られた。

その衝動を抑え、言った。

「兄《あに》さん、罪なことをなされましたなあ」

「うっ」

吉宗は佳奈の顔を見つめ、

「かも知れぬ」

「かも知れぬではありませぬ。まっこと兄さんは、罪なことをしたのです」

「ふむ」

吉宗はうなずきを見せた。

二人の話は、京での探索、道中でのようす、さらに千本松原と、半刻(およそ一時間）ほどに及んだ。

茶坊主が刻限を告げに来ると、

「市井《しせい》にあっても、わしに何かできることがあれば。なあ、佳奈」

「わたくしにによりも、ご政道をちゃんとしてくださいまし。わたくしが、そこにいるのですから」

「ふむ」

吉宗はうなずき、佳奈の顔を凝視した。短刀の話は敢えてしなかったが、佳奈の言葉を、生涯を市井に暮らす強い意志の表明と吉宗は解したのだ。

立つとき吉宗は、握りしめていた遺髪を、余人に見られないようにか、そっとふところの奥にしまい込んだ。

冴と佳奈は増上寺の庫裡を出ると、ふたたび手甲脚絆を着け、杖を手にしていた。

大門のところまで、またトビタとヤクシがつき添った。

太陽が中天にかかろうかといった時分になっている。

街道に出ると駕籠を拾った。

「あらよっ」

「ほいよっ」

駕籠舁きのかけ声とともに駕籠尻が地を離れたとき、冴も佳奈もようやく一連の騒動から抜け出て、町場に帰った思いになった。

日本橋にさしかかった。

橋の喧騒のなかに男が一人、手持無沙汰に立っている。きのうも、きょうも、朝からその姿はそこにあった。留左だ。近づく二挺の駕籠に目を凝らしている。

駕籠が橋板を踏んだ。垂《たれ》がまくれ、中がちょいと見えた。

「うひょーっ、冴さまーっ。おっ、うしろはやっぱりお嬢っ」

周囲の喧騒をはね返すような大声を上げ、留左は駈け寄るなり、

「やい、駕籠屋。ゆっくりやってくんねえ。間違っても俺を追い越すんじゃねえぞ」

言うと橋板を飛び出し、還暦に近い身で神田の大通りへ土ぼこりを上げ、よたよたと走り去った。町駕籠が須田町に着いたころ、留左の騒ぐ声で町衆が霧生院の冠木門の前のみならず、大通りにまであふれていることだろう。腰痛の婆さん、肩こりの爺さん、もうすぐ生まれそうな若い嫁も、そのなかに混じっていようか。

駕籠は小柳町の町なみに入った。つぎが須田町である。人の群れが見えた。

隠密家族　御落胤

一〇〇字書評

切り取り線

購買動機（新聞、雑誌名を記入するか、あるいは○をつけてください）

□（　　　　）の広告を見て	
□（　　　　）の書評を見て	
□ 知人のすすめで	□ タイトルに惹かれて
□ カバーが良かったから	□ 内容が面白そうだから
□ 好きな作家だから	□ 好きな分野の本だから

・最近、最も感銘を受けた作品名をお書き下さい

・あなたのお好きな作家名をお書き下さい

・その他、ご要望がありましたらお書き下さい

住所	〒				
氏名		職業		年齢	
Eメール	※携帯には配信できません	新刊情報等のメール配信を 希望する・しない			

この本の感想を、編集部までお寄せいただけたらありがたく存じます。今後の企画の参考にさせていただきます。Eメールでも結構です。

いただいた「一〇〇字書評」は、新聞・雑誌等に紹介させていただくことがあります。その場合はお礼として特製図書カードを差し上げます。

前ページの原稿用紙に書評をお書きの上、切り取り、左記までお送り下さい。宛先の住所は不要です。

なお、ご記入いただいたお名前、ご住所等は、書評紹介の事前了解、謝礼のお届けのためだけに利用し、そのほかの目的のために利用することはありません。

〒一〇一‐八七〇一
祥伝社文庫編集長　坂口芳和
電話　〇三（三二六五）二〇八〇

祥伝社ホームページの「ブックレビュー」からも、書き込めます。
http://www.shodensha.co.jp/bookreview/

祥伝社文庫

隠密《おんみつ》家族《かぞく》 御落胤《ごらくいん》

平成27年 3 月20日　初版第1刷発行

著　者　喜安幸夫《きやすゆきお》
発行者　竹内和芳
発行所　祥伝社《しょうでんしゃ》
東京都千代田区神田神保町 3-3
〒101-8701
電話　03（3265）2081（販売部）
電話　03（3265）2080（編集部）
電話　03（3265）3622（業務部）
http://www.shodensha.co.jp/

印刷所　萩原印刷
製本所　ナショナル製本
カバーフォーマットデザイン　中原達治

 ISBN978-4-396-34104-6 C0193

祥伝社文庫の好評既刊

喜安幸夫　**隠密家族**

薄幸の若君を守れ！　紀州徳川家の御《ご》落胤《らくいん》をめぐり、陰陽師の刺客と紀州藩薬込役《やくごめ》の家族との熾烈《しれつ》な闘い！

喜安幸夫　**隠密家族　逆襲**

若君の謀殺を阻止せよ！　紀州徳川家の隠密一家が命を賭けて、陰陽師が放つ刺客を闇に葬る！

喜安幸夫　**隠密家族　攪乱《かくらん》**

頼方《よりかた》を守るため、表向き鍼灸《しんきゅう》院を営む霧生院《きりゅういん》一林斎《いちりんさい》たち親子。鉄壁を誇った隠密の防御に、思わぬ「穴」が……。

喜安幸夫　**隠密家族　難敵**

敵か⁉　味方か⁉　誰が刺客なのか？　新藩主誕生で、紀州の薬込役(隠密)が分裂！　仲間に探りを入れられる一林斎の胸中は？

喜安幸夫　**隠密家族　抜忍《ぬけにん》**

新しい藩主の命令で、対立が深まる紀州藩。若君に新たな危機が迫るなか、一林斎は、娘に家族の素性を明かす決断をするのだが……。

喜安幸夫　**隠密家族　くノ一初陣**

世間を驚愕《きょうがく》させた大事件の陰で、一林斎の一人娘・佳奈《かな》は、初めての忍びの戦いに挑む！

祥伝社文庫の好評既刊

岡本さとる **手習い師匠** 取次屋栄三⑫

栄三が教えりゃ子供が笑う、まっすぐ育つ！ 剣客にして取次屋、表の顔は手習い師匠の心温まる人生指南とは？

黒崎裕一郎 **必殺闇同心《ひっさつやみどうしん》**

人気TVドラマ『必殺仕事人』を手がけた著者が贈る痛快無比の時代活劇！「闇の殺し人」仙波《せんば》直次郎《なおじろう》が悪を断つ！

黒崎裕一郎 **必殺闇同心** 人身御供

四人組の辻斬りと出食わした直次郎は、得意の心抜《しんぬき》流居合で立ち会うものの……。幕閣と豪商の悪を暴く第二弾！

黒崎裕一郎 **必殺闇同心** 夜盗斬り

夜盗一味を追う同心が斬られた。背後に潜む黒幕の正体を摑んだ直次郎の怒りの剣が炸裂！ 痛快時代小説。

黒崎裕一郎 **必殺闇同心** 隠密狩り

妻を救った恩人が直次郎の命を狙った！ 江戸市中に阿片がはびこるなか、次々と斬殺死体が見つかり……。

黒崎裕一郎 必殺闇同心 **四匹の殺し屋**

頸《くび》をへし折る。心ノ臓を一突き。さらに両断された数々の死体…。葬られた者たちの共通点は…。